ज्ञान गरिमा के
70 वर्ष

भारतीय
ज्ञानपीठ

लुडविग विट्गेन्स्टाइन

ट्रैक्टेटस लॉजिको-फ़िलोसॉफ़िकस

अनुवादक

अशोक वोहरा

भारतीय ज्ञानपीठ

लोकोदय ग्रन्थमाला : ग्रन्थांक 1288

लुडविग विट्गेन्स्टाइन : ट्रैक्टेटस लॉजिको-फ़िलोसॉफ़िकस
(पाश्चात्य दर्शन)
अनुवादक : अशोक वोहरा

प्रथम संस्करण : 2016
मूल्य : 200 रुपये

ISBN 978-93-263-5478-3

प्रकाशक : **भारतीय ज्ञानपीठ**
18, इन्स्टीट्यूशनल एरिया, लोदी रोड, नयी दिल्ली-110 003

मुद्रक :

आवरण-चित्र : प्रोफेसर शरद देशपाण्डे के सौजन्य से
आवरण-सज्जा : महेश्वर

LUDWIG WITTGENSTEIN : TRACTATUS LOGICO-PHILOSOPHICUS
(Weatem Philosophy)
Translated by : Ashok Vohra

Published by : **Bharatiya Jnanpith**
18, Institutional Area, Lodi Road, New Delhi-110 003
e-mail : bjnanpith@gmail.com, sales@jnanpith.net
website : www.jnanpith.net

First Edition : 2016
Price : Rs. 200

अनुक्रम

अनुवादकीय

लुडविग विट्गेन्स्टाइन (1889–1951) के दार्शनिक जीवन को दो भागों में बाँटा जा सकता है। पहले भाग का आरम्भ 1912 में उनके कैम्ब्रिज विश्वविद्यालय में आकर बर्ट्रैंड रसेल से मिलने पर होता है; तथा दूसरे भाग का आरम्भ बीसवीं सदी के दूसरे दशक के अन्तिम भाग से होता है जब वे अपनी बहन ग्रेटल का वियना में घर बनवाकर, ऑस्ट्रिया के सुदूर पहाड़ी क्षेत्रों के स्कूलों में अध्यापन करके और मानेस्ट्री में माली का काम करने के बाद कैम्ब्रिज वापिस लौटे। उनके दार्शनिक जीवन का पहला भाग उनके कैम्ब्रिज, नॉर्वे और प्रथम विश्वयुद्ध के मोर्चों पर तैनात रहने के दौरान *ट्रैक्टेटस लॉजिको-फ़िलोसॉफ़िकस* की पांडुलिपि अनेक कठिनाइयों के बाद 1922 में प्रकाशित होने पर समाप्त होता है। दूसरा भाग 1951 में उनके देहान्त के दो दिन पूर्व तक *ऑन सर्टेन्टि* और *कल्चर एण्ड वैल्यू* में दर्ज उनकी टिप्पणियों तक माना जा सकता है। दार्शनिक जीवन के इस दूसरे भाग की अवधि में प्रस्फुटित उनके दार्शनिक चिन्तन के परिणाम उनके मरणोपरान्त प्रकाशित ग्रन्थों में दर्ज हैं। 1953 में प्रकाशित *फ़िलोसॉफ़िकल इन्वेस्टिगेशन्स* को उनके जीवन के दूसरे भाग में लिखा गया आकर-ग्रन्थ कहा जा सकता है। आम बोलचाल में अब *ट्रैक्टेटस लॉजिको-फ़िलोसॉफ़िकस* में प्रतिपादित सिद्धान्तों को 'पूर्ववर्ती विट्गेन्स्टाइन चिन्तन' तथा दूसरे भाग के दार्शनिक चिन्तन में 'भाषा की भूमिका' 'भाषा खेल', 'पारिवारिक सादृश्य', 'प्रयोग-सिद्धान्त', 'निजी भाषा,' 'सन्दर्भ-सिद्धान्त' जैसे विषयों पर अभिव्यक्त विचारों को 'उत्तरवर्ती विट्गेन्स्टाइन चिन्तन' के नाम से जाना जाता है। इन दोनों भागों में उदाहरण के लिए, 'कहने और दिखाने के भेद', 'दार्शनिक चिन्तन में भाषा की भूमिका', जैसे विषयों पर यद्यपि उनकी दृष्टि में एक निरन्तरता है तथापि अधिकतर महत्त्वपूर्ण मुद्दों, उदाहरणार्थ भाषा के स्वरूप जैसे विषयों पर उनके विचारों में क्रान्तिकारी परिवर्तन पाया जाता है। उत्तर-विट्गेन्स्टाइन के विचारों को सम्यक् रूप से

समझने के लिए पूर्व-विट्गेन्स्टाइन द्वारा प्रतिस्थापित सिद्धान्तों को समझना जरूरी है। विट्गेन्स्टाइन भी ऐसा ही मानते थे। इसलिए उन्होंने *फ़िलोसॉफ़िकल इन्वेस्टिगेशन्स* के प्राक्कथन में कहा था ". . . मेरे नए विचारों को ठीक ढंग से समझने के लिए मेरी दृष्टि के पूर्वतन रूप को समझना, और पुराने से नए विचारों की तुलना करना आवश्यक है।" यही कारण था कि वे "अपने उन पुराने विचारों और नए विचारों को एक साथ प्रकाशित" करना चाहते थे। किन्तु ऐसा हुआ नहीं।

I

ट्रैक्टेटस लॉजिको-फ़िलोसॉफ़िकस में संकलित अधिकतर टिप्पणियों की कोई व्याख्या नहीं दी गई है। वे सूत्राकार हैं। रसेल उन्हें "ज़ार के आदेशों" जैसा मानते हैं। उनका कहना है कि "यह पुस्तक अत्यन्त महत्त्वपूर्ण तो है, किन्तु अपनी संक्षिप्तता के कारण अनेक स्थानों पर अस्पष्ट और दुर्बोध है।" इन टिप्पणियों में से तर्कशास्त्र के सिद्धान्त से सम्बन्धित टिप्पणियाँ प्रथम विश्वयुद्ध से पहले, विट्गेन्स्टाइन के नॉर्वे प्रवास के दौरान, लिखी गयी थीं, प्रतिज्ञप्तियों के चित्र-सिद्धान्त सम्बन्धी टिप्पणियाँ प्रथम विश्वयुद्ध के पूर्वार्द्ध में तथा शोपेनहावर के रहस्यवाद, नीतिशास्त्र, सौन्दर्यशास्त्र, आत्मा और जीवन के अर्थ सम्बन्धी टिप्पणियाँ प्रथम विश्वयुद्ध के उत्तरार्ध में लिखी गयी थीं। इन टिप्पणियों की भाषा सरल एवं सहज है। भाषा का ऐसा कुशलतापूर्ण प्रयोग किया गया है कि वह विचारों की अकाट्यता और निर्णयात्मकता का बोध कराती है। संभवत: इसका कारण उनके अन्दर के लेखक की यह मान्यता थी कि उन्होंने सभी समस्याओं का निर्णायक हल अपने गहन अध्ययन-मनन द्वारा अन्तत: खोज निकाला है। जैसा कि विट्गेन्स्टाइन ने पांडुलिपि पूरी करने के बाद कैसिनो के युद्ध-बन्दी शिविर से रसेल को लिखा था "मेरा विश्वास है कि मैंने अन्तत: हमारे सामने आने वाली सभी समस्याओं का हल खोज निकाला है। यह गर्वोक्ति लग सकती है किन्तु मेरा यही विश्वास है।" इसके आगे उन्होंने लिखा "अत्यन्त लघु टिप्पणियों के रूप में होने के कारण, बिना किसी पूर्व व्याख्या के, शायद आप इसे समझ नहीं पाएँगे (निस्संदेह, इसका तात्पर्य यह है कि कोई भी इसे समझ नहीं पायेगा)। यद्यपि मेरा मानना है कि यह स्फटिक की भाँति बिल्कुल स्पष्ट है। किन्तु यह हमारे सत्य, संवर्ग, संख्या इत्यादि से सम्बन्धित सभी सिद्धान्तों को विपर्यस्त कर देती है। बन्दी शिविर से छूटकर घर पहुँचते ही मैं इसे प्रकाशित करवा दूँगा।"

विट्गेन्स्टाइन ने अपनी इस पांडुलिपि को 'लॉजिश्च फ़िलोसॉफ़िश्च अभान्डलुन्ग' नाम दिया जिसका अँग्रेज़ी में शाब्दिक अर्थ ''लॉजिको-फ़िलोसॉफ़िकल ट्रीटाइज़'' होता है। यह एक अटपटा और कमोबेश निरर्थक-सा शीर्षक है। हिन्दी में इसका शाब्दिक अर्थ ''तर्कत:—दार्शनिक निबन्ध'' होता है जिसका स्वयं में कोई अर्थ नहीं होता। उन्होंने अपनी पांडुलिपि की प्रतियाँ ऐंगलमॅन, फ्रेगे और रसेल को भेजीं। ऐंगलमॅन ने उन्हें लिखा ''मैं आपकी पांडुलिपि को बार-बार पढ़ता हूँ। हर बार मुझे पहले से अधिक आनन्द आता है।'' किन्तु फ्रेगे इस पांडुलिपि के पहले पृष्ठ से आगे ही नहीं बढ़ पाए। उन्होंने पहले पृष्ठ पर ही विट्गेन्स्टाइन द्वारा प्रयुक्त पदावली के बारे में प्रश्न उठाते हुए उन्हें लिखा ''प्रारम्भ से ही मुझे यह समझ में नहीं आता कि आप क्या कहना चाहते हैं, इसलिए मैं आगे नहीं बढ़ पाता।'' रसेल ने पूरी पांडुलिपि को पढ़ा और उन्हें लिखा कि मुझे आपकी बात कुछ-कुछ समझ में आ रही है। ''बेशक आपकी यह प्रमुख मान्यता कि तार्किक प्रतिज्ञप्तियाँ सत्यज होती हैं, और वे बाकी प्रतिज्ञप्तियों की तरह सत्य नहीं होती तो ठीक ही है।'' विट्गेन्स्टाइन ने रसेल को लिखा कि यह पांडुलिपि का मुख्य मन्तव्य नहीं है, यह तो मुख्य मन्तव्य का एक उपलक्षण हैं।

II

अपनी इस पांडुलिपि के प्रकाशन के लिए विट्गेन्स्टाइन ने इसे कई प्रकाशकों के पास भेजा। किन्तु इसके प्रकाशन के लिए कोई भी प्रकाशक तैयार नहीं हुआ। इसका प्रमुख कारण पांडुलिपि की सर्वथा नवीन व अटपटी शैली थी। इसमें कुल मिलाकर सात प्रमुख वाक्य थे। उनको 1 से 7 तक का क्रम दिया गया था। वाक्य संख्या 7 को छोड़कर प्रत्येक वाक्य की व्याख्या दशमलव पद्धति से उसके अगले वाक्य में दी गयी थी, उदाहरणार्थ, 4.01 वाक्य संख्या 4 की व्याख्या थी और वाक्य संख्या 4.011, स्वयं वाक्य संख्या 4.01 की व्याख्या थी। प्रकाशकों के अनुरोध करने पर भी वे अपनी पांडुलिपि में कोई परिवर्तन करने के लिए तैयार नहीं थे। उनके अनुसार उनके द्वारा प्रस्तुत दशमलव-पद्धति नितान्त आवश्यक थी क्योंकि ''इस पद्धति के कारण ही पुस्तक में प्रांजलता और स्पष्टता बनी रहती है, उसके बिना तो वह पूरी तरह अव्यवस्थित हो जाएगी और उसे समझा ही नहीं जा सकेगा।'' वे अपनी इस पांडुलिपि को पूर्णत: दार्शनिक रचना होने के साथ-साथ एक ऐसी साहित्यिक रचना भी मानते थे जिसमें किसी भी प्रकार का अपलाप नहीं था। इसकी लघुता के बारे में उनका कहना था कि ''इसमें एक प्रणाली प्रस्तुत की

गयी है; और इस प्रस्तुति के अत्यन्त संक्षिप्त होने का कारण यह है कि इसमें मैंने वही कहा है जो मुझे सूझा—और यह भी कि वह मुझे कैसे सूझा। . . . यह पूरी तरह दार्शनिक होने के साथ-साथ साहित्यिक कृति भी है, किन्तु इसमें प्रलाप या अपलाप के लिए कोई अवकाश नहीं है।'' और जब उन्हें उस पांडुलिपि को प्रकाशन योग्य बनाने के लिए कुछ जोड़ने को कहा गया तो उन्होंने यह कहकर ऐसा करने से मना कर दिया कि ''पांडुलिपि की संक्षिप्तता के बारे में तो मैं खेद ही जता सकता हूँ; पर मैं क्या करूँ? मुझे नींबू की तरह निचोड़ने पर भी आपको कुछ नहीं मिलेगा।'' जब कुछ प्रकाशकों ने उन्हें कहा कि वे इस पांडुलिपि का मूल्यांकन दर्शनशास्त्र के किसी प्राध्यापक से कराएँगे तो उन्होंने बड़े रूखेपन से कहा ''यदि आप चाहें तो आप दर्शनशास्त्र के किसी प्राध्यापक की सलाह ले लें, किन्तु दर्शनशास्त्र के प्राध्यापक को दार्शनिक रचना दिखाना सूअर के सामने मोती डालने जैसा है। वह इस पांडुलिपि का एक शब्द भी नहीं समझेगा।'' जब किसी अन्य प्रकाशक ने कहा कि वह पांडुलिपि पढ़ने के बाद ही निर्णय लेगा तो विट्गेन्स्टाइन ने उसे लिखा ''मेरा दृढ़ विश्वास है कि आपको इसे पढ़ने से कुछ भी हासिल नहीं होगा। क्योंकि आप इसे समझ ही नहीं सकेंगे; आपको इसकी विषय-वस्तु अपरिचित लगेगी।'' अपने मन्तव्य को स्पष्ट करने के लिए उन्होंने लिखा: ''. . . आपको यह जानकर आश्चर्य होगा कि इस पुस्तक का उद्देश्य नैतिक ही है। एक बार इसके प्राक्कथन में मैंने कुछ शब्द जोड़ने के बारे में सोचा था, जो अब इसमें नहीं है। किन्तु यह सोच कर कि वे इसे बेहतर समझने में आपके सहायक होंगे उन्हें अब लिखकर प्रेषित कर रहा हूँ। मैं लिखना चाहता था कि मेरी कृति के दो भाग हैं: एक तो वह जो इसमें लिखा गया है और दूसरा वह जो इसमें लिखा नहीं गया है। वस्तुतः दूसरा भाग ही अधिक महत्त्वपूर्ण है। क्योंकि मेरी पुस्तक तो मानो आन्तरिक रूप से नैतिकता की सीमा का ही निर्धारण करती है; और मेरी यह धारणा है कि नैतिकता का सीमा-निर्धारण इसी प्रकार से किया जा सकता है। जिसके बारे में अनेक लोग प्रलाप करते हैं उन्हें मैंने मौन साधकर परिभाषित कर दिया है। इसलिए यदि मैं भूल नहीं कर रहा तो, यह पुस्तक वही कहती है जो आप स्वयं कहना चाहते हैं, किन्तु सम्भवतः आपको इसे पढ़कर पता ही न चले कि यह उसी बात को कहती है। फिलहाल तो मैं यही कहूँगा कि आप इसके प्राक्कथन और उपसंहार को पढ़ें क्योंकि वे अपरोक्ष रूप से इसके उद्देश्य की व्याख्या करते हैं।''

इस स्पष्टीकरण के बावजूद कोई भी प्रकाशक इस पांडुलिपि को

प्रकाशित करने के लिए तैयार नहीं हुआ। फ्रेगे और रसेल की संस्तुति पर एक प्रकाशक इस शर्त पर पांडुलिपि को प्रकाशित करने के लिए तैयार हुआ कि स्वयं विट्गेन्स्टाइन कागज़ व छपाई का खर्च वहन करें। किन्तु विट्गेन्स्टाइन को यह मंजूर नहीं था। उनका कहना था कि ''लोगों पर – जिनमें प्रकाशक भी शामिल है—अपनी कृति को इस प्रकार थोपना मैं बेहूदापन समझता हूँ। लिखना मेरा काम था, पर लोगों को इसे सामान्य ढंग से ही स्वीकार करना होगा।''

III

पांडुलिपि का प्रकाशन नहीं हो पा रहा था। विट्गेन्स्टाइन परेशान थे। उन्होंने फ्रेगे से भी अपनी पांडुलिपि को दर्शनशास्त्र की उस पत्रिका में प्रकाशित कराने का अनुरोध किया जिसमें उनके लेख छपते थे। किन्तु फ्रेगे ने इस पांडुलिपि के बारे में गोलमटोल संस्तुति देकर पत्रिका के संपादक को इसके प्रकाशन से विरत कर दिया। थक-हार कर विट्गेन्स्टाइन ने रसेल को लिखा ''आप मुझे कहते रहते थे कि मुझे कुछ लिखना और प्रकाशित करना चाहिए। किन्तु अब जब मैं कुछ प्रकाशित कराना चाहता हूँ तो उसका प्रकाशन नहीं हो रहा है। ईश्वरेच्छा बलीयसी।'' अपने पूर्व-निर्धारित कार्यक्रम के अनुसार रसेल और विट्गेन्स्टाइन दिसम्बर, 1919 में हेग में मिले। वहाँ उन्होंने पुस्तक की एक-एक पंक्ति को साथ बैठकर पढ़ा और घंटों उन पर चर्चाएँ की। चर्चा के फलस्वरूप विट्गेन्स्टाइन भी इस बारे में आश्वस्त हो गए कि कोई तो है जो उनकी बात को समझता है और इन चर्चाओं के कारण पुस्तक की गुणवत्ता के बारे में रसेल का विचार और भी दृढ़ हो गया। रसेल पुस्तक में प्रतिपादित तर्कशास्त्र के सिद्धान्त से इतने प्रभावित हुए कि उन्होंने हेग में हुई चर्चा के आधार पर इसका प्राक्कथन लिखना स्वीकार कर लिया।

परन्तु रसेल के तात्पर्य बोधक प्राक्कथन के बावजूद कोई भी प्रकाशक इस पांडुलिपि को प्रकाशित करने के लिए तैयार नहीं हुआ और एक समय ऐसा भी आया जब विट्गेन्स्टाइन ने उसे ''प्रकाशित करवाने का विचार ही छोड़ दिया। किन्तु जब रसेल ने उनसे पूछा कि क्या वे पांडुलिपि को इंग्लैंड में अपने प्राक्कथन के साथ प्रकाशित करवाने का प्रयास करें'' तो विट्गेन्स्टाइन ने उन्हें लिखा ''आप जैसा चाहें वैसा करें पर यदि आप इसमें कुछ बदलें तो यह जरूर जोड़ दें कि ये बदलाव आपने किये हैं।'' उन्होंने रसेल को लिखा ''या तो मेरी कृति उत्कृष्ट है या फिर निकृष्ट। निकृष्टता की स्थिति में (जिसकी सम्भावना अधिक है) मेरे विचार से इसे छपना नहीं चाहिए।

उत्कृष्टता की स्थिति में इससे कोई फर्क नहीं पड़ता कि यह सौ साल पहले छपती है या सौ साल बाद। यह कौन पूछता है कि काण्ट की पुस्तक *क्रिटीक ऑव प्योर रीज़न* सत्राहवीं शताब्दी के अमुक या अमुक दशक में लिखी गयी थी।'' जब विट्गेन्स्टाइन को रसेल द्वारा लिखित पुस्तक की प्रस्तावना मिली तो वे काफी निराश हुए। उनके अनुसार रसेल उनकी पुस्तक की स्थापनाओं को समझ ही नहीं पाए थे। उन्होंने रसेल को लिखा, ''न तो मैं आपकी आलोचना से सहमत हूँ और न ही व्याख्या से।'' 6 मई, 1920 को रसेल को लिखे अपने पत्र में विट्गेन्स्टाइन ने स्पष्ट रूप में रसेल के प्राक्कथन को पुस्तक के साथ न छपवाने के अपने निर्णय से अवगत कराया। उन्होंने लिखा, ''आपकी प्रस्तावना मेरी पुस्तक में नहीं छपेगी और इसका अर्थ है कि संभवतः मेरी पुस्तक भी प्रकाशित नहीं होगी। आपके द्वारा लिखित प्रस्तावना के जर्मन अनुवाद को पढ़ते ही मैंने यह निश्चय कर लिया कि यह प्रस्तावना मेरी कृति के साथ नहीं छपेगी। आप द्वारा प्रयुक्त अँग्रेज़ी भाषा की सुगम और परिष्कृत शैली, जर्मन अनुवाद में लुप्त हो जाती है और शेष रह जाती हैं केवल अगम्भीरता और अनेक गलतफहमियाँ। आपकी प्रस्तावना के साथ मैंने रिक्लैम प्रकाशक को भेजे अपने पत्र में यह स्पष्टतः कह दिया है कि मैं इस प्रस्तावना को प्रकाशित नहीं करना चाहता और इसे प्रकाशक को भेजने का मुख्य उद्देश्य केवल प्रकाशक को अपनी कृति के बारे में जानकारी देना भर है। अब इस बात की सम्भावना अधिक है कि प्रकाशक मेरी कृति को प्रकाशित नहीं करेगा।''

पुस्तक की मुख्य स्थापना के बारे में उन्होंने कहा: ''मुख्य बात तो यह सिद्धान्त है कि प्रतिज्ञप्तियों द्वारा यानी भाषा द्वारा किसे अभिव्यक्त किया जा सकता है (यानी सोचा जा सकता है) और किसे अभिव्यक्त नहीं किया जा सकता; मात्र दर्शाया ही जा सकता है; मेरी यह मान्यता है कि यही दर्शन की मूलभूत समस्या है।''

विट्गेन्स्टाइन के पत्र के उत्तर में रसेल ने लिखा कि उन्हें अपने प्राक्कथन की कोई परवाह नहीं है, पर पांडुलिपि को छपना ही चाहिए। विट्गेन्स्टाइन ने रसेल को उत्तर दिया कि वे प्रकाशन से पूर्व प्रूफ को अच्छी तरह पढ़ें, और यह ख्याल रखें कि पांडुलिपि बिल्कुल उसी तरह छपे जैसी उन्होंने लिखी है। रसेल के प्रयासों के फलस्वरूप दर्शनशास्त्र की पुस्तकों के प्रख्यात प्रकाशक रूटलेज एण्ड केगन पॉल ने पांडुलिपि को अँग्रेज़ी अनुवाद के साथ प्रकाशित करना इस शर्त पर स्वीकार कर लिया कि न तो विट्गेन्स्टाइन को कोई रॉयल्टी दी जाएगी और न ही कोई एकमुश्त रकम। सी. के ऑग्डेन और फ्रैंक

रैमसे ने अनुवाद कार्य को सम्पन्न किया। जब पुस्तक के शीर्षक के बारे में विचार-विमर्श हो रहा था तो इसके लिए अँग्रेज़ी शीर्षक के रूप में रसेल ने ''फिलोसॉफिकल लॉजिक'' नाम सुझाया और मूअर ने स्पिनोज़ा की पुस्तक *ट्रैक्टेटस थियोलॉजिको-पॉलिटिकस* की तर्ज पर *ट्रैक्टेटस लॉजिको-फ़िलोसॉफ़िकस* नाम सुझाया। इसका फ़ैसला विट्गेन्स्टाइन ने यह कह कर दिया ''शीर्षक के रूप में ''फ़िलोसॉफ़िकल लॉजिक'' तो बिल्कुल गलत है, 'ट्रैक्टेटस लॉजिको-फ़िलोसॉफ़िकस' आदर्श शीर्षक न होते हुए भी करीब-करीब ठीक है। 'दार्शनिक तर्कशास्त्र' जैसा कोई विषय होता ही नहीं, मैं तो उसका अर्थ भी नहीं जानता।'' जब प्रकाशक ने पुस्तक के आवरण पर छापने के लिए विट्गेन्स्टाइन को अपना परिचय और उन परिस्थितियों का वर्णन करने के बारे में कहा, जिनमें पुस्तक लिखी गयी थी, तो उन्होंने इस पर तीखी टिप्पणी करते हुए कहा—''मुझे इसका उद्देश्य ही समझ में नहीं आता। पाठक को मेरी आयु जानकर क्या मिलेगा? क्या यह ऐसा कहना नहीं है : ऑस्ट्रिया की सीमाओं पर गोलाबारी के शोर-शराबे में किसी युवा द्वारा लिखी गयी इस पुस्तक से कुछ मिलने वाला नहीं है? यदि पाठकों की रुचि ज्योतिष में हो तो मेरी जन्मतिथि और जन्म समय पुस्तक के मुखपृष्ठ पर छाप दें ताकि वे मेरी जन्मपत्री बना सकें। (26.4.1889, 6 बजे सायं)।''

नवम्बर, 1922 में जब प्रकाशित पुस्तक की प्रतियाँ उन्हें मिलीं तो उनकी प्रतिक्रिया थी: ''यह बहुत सुन्दर दिखती है। काश! इसकी विषय-वस्तु इसके बाह्य सौन्दर्य के अनुरूप होती।'' पुस्तक के छपते ही बौद्धिक क्षेत्र में हलचल मच गयी। यूरोप के लगभग सभी विश्वविद्यालयों में यह चर्चा का विषय बन गयी।

IV

अनुवादक के रूप में ट्रैक्टेट्स की विषय-वस्तु के बारे में मैं अधिक नहीं कहना चाहूँगा। फिर भी इतना तो अवश्य कहूँगा कि इस पुस्तक में विट्गेन्स्टाइन, काण्ट की भाँति चिन्तन की सीमा निर्धारित करना चाहते हैं। यह काम वे भाषा की सीमा के निर्धारण द्वारा करते हैं। चिन्तन की सीमा की भाँति, भाषा की सीमाएँ भी आवश्यक सीमाएँ हैं और उनका निर्धारण तर्कशास्त्र द्वारा ही सम्भव है। जिस प्रकार कांट द्वारा निर्धारित सीमा के परे चिन्तन विलुप्त हो जाता है उसी प्रकार विट्गेन्स्टाइन की मान्यता है कि निर्धारित सीमा के बाहर भाषा अनिवार्यत: विलुप्त हो जाती है, और केवल मौन ही शेष रहता है। इस क्षेत्र में कुछ भी कहा नहीं जा सकता, बस दिखाया ही जा सकता है। भाषा की

सीमाओं के निर्धारण का कार्य विट्‌गेन्स्टाइन दो चरणों में करते हैं। पहले चरण में वे वास्तविक भाषा के विश्लेषण को आरम्भिक बिन्दु बनाकर मूल प्रतिज्ञप्तियों पर पहुँचते हैं। मूल प्रतिज्ञप्तियाँ ही भाषा की आन्तरिक सीमा हैं। दूसरे चरण में वे इन मूल प्रतिज्ञप्तियों पर तार्किक अचरों की सहायता से तार्किक सूत्रों के प्रयोग द्वारा भाषा की बाह्य चरमसीमा का निर्धारण करते हैं।

भाषा की सीमा निर्धारित करने के लिए विट्‌गेन्स्टाइन चित्रण-सिद्धान्त और सत्यात्मक-फ़लन-सिद्धान्त का प्रयोग करते हैं।

ट्रैक्टेटस में विट्‌गेन्स्टाइन का यह मानना है कि संसार तथ्यों का साकल्य है। 'परमाणविक तथ्य' या 'वस्तुस्थितियाँ' तथ्यों की रचना करती हैं। वस्तुस्थितियों की संरचना सरल वस्तुओं द्वारा होती है। इन सरल वस्तुओं का नामकरण किया जा सकता है। नामों का अर्थपूर्ण प्रयोग प्राथमिक प्रतिज्ञप्तियों को अभिव्यक्त करता है। सभी प्राथमिक प्रतिज्ञप्तियाँ अपने से भिन्न सभी प्राथमिक प्रतिज्ञप्तियों से अनिवार्यतः स्वतन्त्र होती हैं, वे विशिष्ट होती हैं। प्रत्येक प्राथमिक प्रतिज्ञप्ति सकारात्मक होती है। वह किसी न किसी संभाव्य वस्तुस्थिति का चित्रण करती है। वस्तुस्थिति का चित्र ही प्राथमिक प्रतिज्ञप्ति का अर्थ होता है। वस्तुस्थिति के ये चित्र ही तथ्य होते हैं। अपने द्वारा वर्णित विषय और उनके चित्रों में तार्किक और चित्रात्मक आकार साझा होता है। उनमें तार्किक और चित्रात्मक आकार के होने के बारे में कुछ भी कहा नहीं जा सकता, उसे केवल प्रदर्शित ही किया जा सकता है।

सभी प्रतिज्ञप्तियाँ एक दूसरे से तर्कतः स्वतन्त्र होती हैं, इस कथन का अर्थ है कि वास्तविकता का सम्पूर्ण विवरण देने के लिए हमें यह बताना होगा कि इन प्राथमिक प्रतिज्ञप्तियों में से कौन सी प्रतिज्ञप्ति सत्य है और कौन-सी असत्य इसका अर्थ है कि सभी संभाव्य वस्तुस्थितियों के होने अथवा न होने से वास्तविकता की संरचना होती है। प्रदत्त वास्तविकता ही एक मात्र वास्तविकता है। किसी भी अन्य प्रकार से, वस्तुस्थितियों के संगठन द्वारा वास्तविकता का चित्रण नहीं हो पाएगा।

सभी अर्थपूर्ण प्रतिज्ञप्तियाँ प्राथमिक प्रतिज्ञप्तियाँ नहीं होतीं। प्राथमिक प्रतिज्ञप्तियों पर बार-बार 'नकारात्मक' 'द्वि-नकारात्मक', 'और', 'अथवा', 'यदि . . . . तो', 'केवल तभी' जैसे तार्किक अचरों के प्रयोग द्वारा हम जटिल प्रतिज्ञप्तियों पर पहुँच जाते हैं। तार्किक अचर किसी भी वस्तु का प्रतिनिधित्व नहीं करते। प्राथमिक प्रतिज्ञप्तियों को संयुक्त करने वाले तार्किक अचरों का प्रयोग उनमें सत्यात्मकता अथवा असत्यात्मकता के विवरण के लिए किया जाता है। इनके प्रयोग से दो परिस्थितियाँ बन सकती हैं। पहली

स्थिति में, प्राथमिक प्रतिज्ञप्तियों पर सत्यात्मक फ़लनक के प्रयोग के कारण कोई प्रतिज्ञप्ति सदैव उन प्राथमिक प्रतिज्ञप्तियों से विपरीत हो सकती है। इस स्थिति में उसे व्याघाती प्रतिज्ञप्ति कहा जाता है। किन्तु दूसरी स्थिति में कोई अन्य प्रतिज्ञप्ति प्राथमिक प्रतिज्ञप्तियों से पूर्णतः मेल खा सकती है। इस स्थिति में उसे सत्यज कहा जाता है। इस अर्थ में तर्कशास्त्र की सभी सत्य प्रतिज्ञप्तियाँ सत्यज होती हैं।

यदि कोई संकेत–शृंखला किसी भी प्राथमिक प्रतिज्ञप्ति या फिर किसी भी उपरोक्त अर्थ में जटिल प्रतिज्ञप्ति को अभिव्यक्त नहीं करती तो वह संकेत–शृंखला अर्थहीन होती है। विट्गेन्स्टाइन यह सिद्ध करते हैं कि दर्शनशास्त्र में प्रयुक्त अधिकतर प्रतिज्ञप्तियाँ असत्य न होकर अर्थहीन होती हैं। दर्शनशास्त्र का प्राकृतिक विज्ञान से भेद करते हुए वे यह सिद्ध करते हैं कि दर्शनशास्त्र सिद्धान्तों का संकलन न होकर एक जीवनशैली, एक प्रकार की गतिविधि है। किसका बखान किया जा सकता है और किसे केवल प्रदर्शित किया जा सकता है, इस बात में भेद करना; अर्थात् जिसे भाषा में अभिव्यक्त किया जा सकता है उसका विश्लेषण करके किसे भाषा में अभिव्यक्त नहीं किया जा सकता, यह जानना और प्रतिज्ञप्तियों का स्पष्टीकरण करना ही *ट्रैक्टेटस* में विट्गेन्स्टाइन के अनुसार दर्शनशास्त्र का मुख्य उद्देश्य है।

ट्रैक्टेटस की अटपटी लेखन शैली श्लिक, रसेल, कार्नेप इत्यादि विट्गेन्स्टाइन के समकालीन दार्शनिकों के लेखन से नितान्त भिन्न हैं। इसके समकालीन लेखन में जहाँ हमें 'शिष्ट, प्रांजल और सुविज्ञ' दार्शनिक विश्लेष्ण देखने को मिलता है वहीं इसमें कमोबेश अक्खड़, सूत्राकार और कभी–कभी गलत और सन्दर्भहीन उक्तियाँ दिखाई देती हैं। यह प्रश्न उठना स्वाभाव है कि मात्र 2200 शब्दों और अटपटी शैली वाली इस पुस्तक में ऐसा क्या है जिसके कारण इसे दर्शन में क्रान्तिकारी पुस्तक का स्थान मिला। यहाँ तक कि इस पुस्तक को 'दर्शन द्वारा जगत की वैज्ञानिक अवधारणा' का मुख्य स्रोत भी माना गया।

इसका मुख्य कारण विट्गेन्स्टाइन द्वारा *ट्रैक्टेटस* में अन्य विषयों के साथ–साथ तर्कशास्त्र एवं गणित की स्थितियों को स्पष्ट करना है, उनके मध्य स्पष्ट सीमा निर्धारण करना है। श्लिक के अनुसार ट्रैक्टेटस की सबसे महत्त्वपूर्ण बात यह है कि उसमें तार्किकता का स्पष्ट विवरण मिलता है, और उसकी परिभाषा को न केवल वर्तमान में अपितु भविष्य के लिए भी सुनिश्चित किया गया है। प्रसिद्ध तर्कशास्त्री हान्स हाह्न के अनुसार *ट्रैक्टेटस* में तर्क की भूमिका की अप्रतिम व्याख्या प्रस्तुत की गयी है। विट्गेन्स्टाइन ने तर्कशास्त्र

के सत्यज होने के गुण और तार्किक अचरों ('और', 'अथवा', इत्यादि) के अनुरूप संसार में किसी भी वस्तु का अस्तित्व न होने की पहली बार व्याख्या की है। कार्नेप ने भी *ट्रैक्टेट्स* को अद्वितीय माना क्योंकि उसमें यह सिद्ध किया गया है कि तार्किक कथनों की सत्यात्मकता, उनकी तार्किक संरचना उनमें प्रयुक्त पदों पर ही निर्भर करती है। तार्किक कथन सम्भावित परिस्थितियों में ही सत्य होते हैं, यानी उनकी सत्यात्मकता संसार के आपातिक तथ्यों पर निर्भर नहीं करती। तार्किक कथन संसार के बारे में कुछ नहीं कहते, यानी उनमें कुछ भी तथ्यात्मक नहीं होता। विट्गेन्स्टाइन इस बात को सिद्ध करने के लिए यह दिखाते हैं कि बिना किसी अपवाद के प्रतिज्ञप्तियों को दो मूल श्रेणियों में बाँटा जा सकता है। पहली श्रेणी में वे प्रतिज्ञप्तियाँ आती हैं जिनका आकार तो सुयोजित होता है किन्तु वे अर्थहीन होती हैं। ऐसी प्रतिज्ञप्तियाँ शब्दों के आन्तरिक सम्बन्धों को ही उजागर करती हैं। दूसरी श्रेणी में वे प्रतिज्ञप्तियाँ आती हैं जो अर्थपूर्ण होती हैं। ये प्रतिज्ञप्तियाँ संसार के बारे में आपातिक रूप से सत्य या असत्य होती हैं।

V

लुडविग विट्गेन्स्टाइन ने *ट्रैक्टेटस लॉजिको-फ़िलोसॉफ़िकस* की रचना अपनी मातृभाषा जर्मन में की थी। इसका प्रथम अनुवाद स्वयं विट्गेन्स्टाइन की देख-रेख में सी. के. ऑग्डेन ने फ्रैंक पी. रैमसे की सहायता से अँग्रेज़ी भाषा में किया था जिसका प्रकाशन सन् 1922 में हुआ था। इस ग्रन्थ का डी. एफ. पीयर्स और बी. एफ. मॅक्गिनस द्वारा अँग्रेज़ी में किया गया दूसरा अनुवाद सन् 1961 में प्रकाशित हुआ। प्रस्तुत हिन्दी अनुवाद के लिए मैंने इन दोनों अनुवादों की सहायता ली, और उन्हें अपने अनुवाद का आधार बनाया। जहाँ कहीं मुझे उक्त दोनों अनुवाद सन्तोषजनक नहीं लगे वहाँ मैंने जर्मन भाषा में पारंगत अपने मित्रों की सहायता से मूल जर्मन भाषा को हिन्दी भाषा में रूपान्तरित किया है।

VI

विट्गेन्स्टाइन की अन्य तीन पुस्तकों *फ़िलोसॉफ़िकल इन्वेस्टिगेशंस; कल्चर एण्ड वैल्यू; ऑन सर्टेन्टि* के अनुवादों की भाँति *ट्रैक्टेट्स लॉजिको फ़िलोसॉफ़िकस* का अनुवाद भी अपने मित्र पुषराज की सहायता के बिना मेरे लिए असम्भव ही था। अपनी अन्य पुस्तकों के अनुवाद की भाँति इस अनुवाद के मेरे पहले मसौदे को पुषराज ने मेरे साथ बैठ कर उसके प्रत्येक

शब्द, प्रत्येक वाक्य, प्रत्येक पैरा की मूल ग्रन्थ के साथ तुलना की, उसे जाँचा और उसमें अनेक बदलाव सुझाए। उनके सभी सुझावों से मैं सहमत नहीं हो पाया। कई शब्दों और मूल पाठ की समझ पर हमारी असहमति अनेक बार हमारे बीच तीखी नोक-झोंक का कारण बनी। किन्तु उन्होंने कभी भी मेरे अक्खड़, अड़ियल और रूखे स्वभाव का बुरा नहीं माना और मेरे साथ अनुवाद को जाँचने और उसे सुधारने में निरन्तर बने रहे। उन्हीं के हँसमुख स्वभाव, लगन और असीम सहन शक्ति का परिणाम है कि यह अनुवाद इस रूप में प्रकाशित हो रहा है। यदि मैं उनके सभी सुझावों को मान जाता तो शायद यह अनुवाद कहीं अधिक प्रांजल हो जाता। मेरी हठधिर्मता ही उनके द्वारा दिए गए सुझावों को अपनाने के आड़े आती रही!

यह अनुवाद मैंने लगभग सोलह वर्ष पहले कर लिया था किन्तु किन्हीं अपरिहार्य कारणों से, जिनके बारे में दर्शन जगत से सम्बन्धित सभी लोग भली-भाँति परिचित हैं, मैं इसे छपवाने में हिचकिचाता रहा। उस समय मैंने इस अनुवाद की प्रतियाँ बनवाकर अपने मित्रों मिथिलेश चतुर्वेदी, काशीराम, सत्यपाल गौतम, बलदेव शर्मा और ओमनाथ बिमली को पढ़ने व इसमें सुधार हेतु सुझाव देने के लिए दी। उनके द्वारा दिए गए कुछ सुझावों को मैंने इसमें सम्मिलित किया है। उनके सुझावों के लिए मैं उनका आभारी हूँ।

इस कालावधि और परिस्थितियाँ सुधरने के बाद जब मैंने इस अनुवाद को प्रकाशित करने का निर्णय लिया तो मैंने अपने मित्र ओमनाथ बिमली जो संस्कृत के साथ-साथ दर्शनशास्त्र के भी विद्वान हैं, और जिन्होंने विट्गेन्स्टाइन का गहन अध्ययन किया है, के साथ बैठकर एक बार पुन: इस अनुवाद का संशोधन किया है। बिमली ने मेरे साथ *ट्रैक्टेटस लॉजिको-फ़िलोसॉफ़िकस* के मूल पाठ की मेरे इस अनुवाद के साथ तुलना करने, व उसमें सुधार हेतु अनेक सुझाव देने के लिए अपना बहुमूल्य समय बिना किसी हिचकिचाहट के दिया। उनके द्वारा सुझाए गए लगभग सभी सुझावों को मैंने इस अनुवाद में समाहित कर लिया है। बिमली ने जिस लगन के साथ अनुवाद को सुधारने में मेरी सहायता की है उसके लिए उनका धन्यवाद ज्ञापित करने के लिए मेरे पास पर्याप्त शब्द नहीं हैं। मेरा विश्वास है कि बिमली मेरी भावना को समझ जाएंगे!

इस संशोधित अनुवाद की प्रतियाँ बनवाकर मैंने अपने मित्रों मिथिलेश चतुर्वेदी, अम्बिका दत्त शर्मा, आनन्द मिश्र और राकेश चन्द्र को सुधारने के लिए दी। उनके द्वारा दिए गए उन सभी संशोधनों को, जिनसे मैं सहमत था, मैंने इस अनुवाद में सम्मिलित कर लिया है। अम्बिका दत्त और आनन्द मिश्र ने अपना अमूल्य समय देकर न केवल इसकी पारिभाषिक अपितु, इसकी

वर्तनी की अशुद्धियों को भी सुधारा और अपने पुण्यानुमोदक स्वभाव के कारण मेरी त्रुटियों के बावजूद अपने उत्साहवर्धक शब्दों से वे मेरा उत्साह बढ़ाते रहे। अपने इन मित्रों के प्रति मैं सदा ऋणी रहूँगा।

इस बीच मेरी बेटी अपर्णा अपनी शिक्षा समाप्त करने के बाद, अब अपने पैरों पर खड़ी हो गयी है। अनुवाद के इस कठिन एवं नीरस कार्य में उसके अबोध और अप्रत्यक्ष योगदान की उचित शब्दों में अभिव्यक्ति मेरे लिए संभव नहीं है। अपनी नित नयी खट्टी-मीठी बातों और व्यवहार से उसने मुझे उलझाए रखा, और किस प्रकार जीवन के लम्बे वर्ष मुट्ठी में भरे फिसलते रेत की भाँति बीत गए इसका पता ही नहीं चलने दिया। अपनी इस प्रिय पुत्री का जीवन की कठिनाइयों को हँसते-हँसते पार करवाने के लिए मैं सदा ऋणी रहूँगा, और वह जो कुछ भी करेगी उसमें मेरा आशीर्वाद सदा उसके साथ रहेगा। हालाकि मेरी पत्नी आशा ने मुझे उसके प्रति कृतज्ञताज्ञापन से सख्ती से मना किया हुआ है तो भी यह तो सच ही है कि उनकी सहायता के बिना, चाहे वह लेखन कार्य हो अथवा अन्य कार्य, मेरे लिए कुछ भी करना सम्भव नहीं होता।

पुस्तक के अनुवाद कार्य के बीच प्रोफेसर नामवर सिंह से लगातार प्रोत्साहन मिलता रहा। जब भी उनसे मिलना होता वे इस कार्य की प्रगति के बारे में जानकारी लेना नहीं भूलते। यह उनकी निरन्तर पूछताछ का प्रतिफल है कि यह कार्य प्रकाशन में आ सका। उनके प्रोत्साहन और अनुशंसा के लिए मैं उनका आभारी हूँ।

कपिला वात्स्यायन जी द्वारा विषम परिस्थितियों में भी पांडुलिपि पढ़ने के लिए समय निकालने और उसकी अनुशंसा करने के लिए मैं उनका कृतज्ञ हूँ।

इस अनुवाद के बाद संभवत: मैं और किसी पुस्तक का अनुवाद न करूँ, इसलिए यह अनुवाद मैं अपने मित्र पुषराज, जिनसे मैंने अनुवाद-विद्या सीखी, को समर्पित करता हूँ।

बैसाखी, 2016

अशोक वोहरा

प्रस्तावना

बर्ट्रैंड रसेल, एफ. आर. एस.

श्री विट्गेन्स्टाइन की रचना *ट्रैक्टेटस लॉजिको-फ़िलोसॉफिकस* अपने द्वारा प्रतिपादित विषय-वस्तु का भले ही सम्यक् अनुशीलन कर पाई हो या नहीं, फिर भी अपनी गहनता और सर्वातिशयता के कारण निश्चित रूप से वह दार्शनिक जगत की एक महत्त्वपूर्ण उपलब्धि मानी जायेगी। प्रतीकीकरण के सिद्धान्तों और भाषागत शब्दों तथा वस्तुओं में विद्यमान अपरिहार्य सम्बन्धों से प्रारम्भ करके वे अपने शोध के परिणामों का परम्परागत दर्शनशास्त्र की विभिन्न शाखाओं पर प्रयोग करते हैं, और प्रत्येक स्थिति में यह सिद्ध करते हैं कि पारम्परिक समस्या और समाधान उनके प्रतीकीकरण के सिद्धान्तों की अनभिज्ञता, और भाषा के दुरुपयोग से उत्पन्न होते हैं।

रचना के आरम्भ में प्रतिज्ञप्तियों की तार्किक संरचना और तार्किक अनुमान के स्वरूप पर चर्चा की गयी है। उसके बाद हम क्रमशः ज्ञानमीमांसा, भौतिकी के सिद्धान्त, नीतिशास्त्र और अन्त में रहस्यवाद (*दास मिस्टिश्च*) पर पहुँचते हैं।

श्री विट्गेन्स्टाइन की पुस्तक को समझने के लिए उन समस्याओं को समझना जरूरी है जिनसे वे जूझ रहे हैं। प्रतीकीकरण के सिद्धान्त का विमर्श करने वाले भाग में वे तर्किक दृष्टि से आदर्श भाषा द्वारा पूरी की जाने वाली शर्तों पर विचार-विमर्श करते हैं। भाषा से सम्बन्धित अनेक समस्याएँ हैं। पहली समस्या तो यह है कि जब हम किसी विविक्षा से प्रेरित होकर भाषा का प्रयोग करते हैं तो उस समय हमारी मनोदशा क्या होती है; यह मनोविज्ञान की समस्या है। दूसरी समस्या विचारों, शब्दों या वाक्यों में और उनके द्वारा द्योतित तत्त्वों या निहितार्थों के मध्य सम्बन्ध की है; यह ज्ञानमीमांसा की समस्या है। तीसरी समस्या वाक्यों के ऐसे प्रयोग की है जो सत्य को अभिव्यक्त करे, न कि असत्य को; यह विमृश्यमाण वाक्यों की विषयवस्तु से सम्बन्धित विशिष्ट विज्ञान की समस्या है। चौथी समस्या यह है : एक

तथ्य को दूसरे का प्रतीक *हो सकने के* लिए किसी एक तथ्य (उदाहरणार्थ, वाक्य) का किसी अन्य तथ्य से कैसा सम्बन्ध होना चाहिए? यह एक तार्किक समस्या है; और प्रतीक बनने के सामर्थ्य-सम्बन्ध की है। यह चौथी समस्या है। विट्गेन्स्टाइन इसी से जूझ रहे हैं। वे यथार्थ प्रतीकीकरण की शर्तों पर विचार-विमर्श कर रहे हैं। यानी ऐसे प्रतीकीकरण पर जिसमें वाक्य का '*अर्थ*' *पूर्णत:* सुनिश्चित होता है। व्यवहार में भाषा सदैव कमोवेश धूमिल-सी होती है। यही कारण है कि हमारे विवक्षित अर्थ की पूर्णरूपेण अभिव्यक्ति असम्भव होती है। अत:, तर्कशास्त्र में प्रतीकीकरण से सम्बन्धित दो समस्याएँ हैं: (1) प्रतीकों के संयोजनों में सार्थकता और निरर्थकता की शर्तें, (2) प्रतीकों या प्रतीकों के संयोजनों के अर्थ की अथवा द्योतन की अनन्यता की शर्तें। आदर्श तार्किक भाषा में वाक्य-विन्यास निरर्थकता से बचाव करने वाला होता है और उसमें सुनिश्चित एवं अनन्यार्थक एकल प्रतीक होते हैं। विट्गेन्स्टाइन आदर्श तार्किक भाषा की शर्तों पर विमर्श कर रहे हैं। ऐसा नहीं है कि कोई भी भाषा आदर्श तार्किक भाषा होती है, और न ही हमारी यह मान्यता है कि हम तत्काल तार्किक दृष्टि से पूर्ण भाषा की संरचना कर सकते हैं, अपितु हमारा यह मानना है कि भाषा की सार्थकता ही उसका एकमात्र उद्देश्य है। और यह हमारे द्वारा प्रणीत आदर्श भाषा के अनुरूप ही अपने उद्देश्य को पूरा कर पाती है।

भाषा का मूल कार्य तथ्यों की भावात्मकता या अभावात्मकता का प्रकाशन है। भाषा का वाक्य-विन्यास उपलब्ध होने पर, संघटक शब्दों के अर्थ का पता चलते ही, वाक्य का अर्थ सुनिश्चित हो जाता है। भाषा की संरचना चाहे जैसी भी हो, किसी वाक्य द्वारा किसी तथ्य को अभिव्यक्त करने के लिए उस वाक्य की संरचना और उसके द्वारा अभिव्यक्त तथ्य की संरचना में सामान्यधर्मिता होनी चाहिए। संभवत: विट्गेन्स्टाइन के सिद्धान्त की यही मूलभूत धारणा है। उनका दावा है कि वाक्य और तथ्य की सामान्यधर्मिता को भाषा द्वारा अभिव्यक्त नहीं किया जा सकता। उनकी पदावली में, उसे केवल *प्रदर्शित* ही किया जा सकता है, उसका विवरण नहीं दिया जा सकता, क्योंकि हम जो कुछ भी कह सकेंगे उसकी वही संरचना रहेगी।

आदर्श भाषा की पहली शर्त यह है कि उसमें प्रत्येक अविभाज्य इकाई का केवल एक ही नाम होगा, और दो भिन्न अविभाज्य इकाइयों का एक नाम नहीं होगा। नाम इस अर्थ में अविभाज्य प्रतीक हैं, और उनमें कोई ऐसे भाग नहीं होते जो स्वयं ही प्रतीक हों। आदर्श तार्किक भाषा में जो अविभाज्य नहीं है, उसका अविभाज्य प्रतीक नहीं होता। समष्टि का प्रतीक 'संश्लिष्ट' होता

है, उसमें उस समष्टि के व्यष्टियों के प्रतीक समाविष्ट होते हैं। 'संश्लिष्ट' का उल्लेख करते हुए, जैसा कि आगे स्पष्ट हो जाएगा, हम दर्शनशास्त्र के नियमों का उल्लंघन करते हैं, किन्तु शुरू में हम उससे बच नहीं सकते। 'दर्शन सम्बन्धी रचनाओं में पाई जाने वाली अधिकतर प्रतिज्ञप्तियाँ और जिज्ञासाएँ असत्य न होकर निरर्थक होती हैं। इसीलिए हम इस प्रकार की जिज्ञासाओं का कोई समाधान नहीं दे सकते, अपितु केवल यही बता सकते हैं कि वे निरर्थक हैं। दार्शनिकों की अधिकतर जिज्ञासाओं और प्रतिज्ञप्तियों की उत्पत्ति इसीलिए होती है क्योंकि वे भाषा के तर्क को समझने में असफल रहते हैं। उनकी स्थिति वैसी ही है मानो कोई पूछे कि 'क्या शुभ कमोबेश सुन्दर के समरूप है' (4.003)। संसार में तथ्य ही संश्लिष्ट होता है। जिन तथ्यों का निर्माण अन्य तथ्यों के सम्मिश्रण से नहीं हुआ है, ऐसे तथ्यों को विट्गेन्स्टाइन *साखवेरहाल्ट* कहते हैं, और जो तथ्य दो या दो से अधिक तथ्यों के मिश्रण से निर्मित हैं, उन्हें वे *टैटसाख* कहते हैं। उदाहरण के लिए 'सुकरात बुद्धिमान हैं' यह एक *साखवेरहाल्ट* और *टैटसाख* दोनों है, जबकि 'सुकरात बुद्धिमान है और प्लेटो उसका शिष्य है' यह *टैटसाख* तो है किन्तु *साखवेरहाल्ट* नहीं है।

विट्गेन्स्टाइन भाषिक अभिव्यक्ति की तुलना ज्यामितीय प्रक्षेप से करते हैं। ज्यामितीय आकृति विभिन्न प्रकार से प्रक्षेपित हो सकती है : प्रक्षेपण का प्रत्येक ढंग भिन्न-भिन्न भाषाओं के अनुरूप है; किन्तु इनमें से चाहे किसी भी ढंग को अपनाया जाए, मूल आकृति के प्रक्षेपण-गुण अपरिवर्तित ही रहते हैं। विट्गेन्स्टाइन के मतानुसार ये प्रक्षिप्त-गुण प्रतिज्ञप्ति को तथ्य-कथन के योग्य बनाने के लिए प्रतिज्ञप्ति और तथ्य में समानधर्मिता के अनुरूप होते हैं।

वस्तुतः यह स्पष्ट ही है। उदाहरणार्थ, दो पुरुषों (अभी यह मान लेते हैं कि पुरुष को अविभाज्य इकाई कहा जा सकता है) का उल्लेख दो नामों का प्रयोग किए बिना करना असम्भव है और जब आप दोनों पुरुषों में किसी सम्बन्ध को अभिव्यक्त करते हैं तो यह आवश्यक हो जाता है कि उस सम्बन्ध को अभिव्यक्त करने वाला वाक्य दो नामों से सम्बन्ध स्थापित करे। 'प्लेटो सुकरात से स्नेह करता है' हमारे ऐसा कहने पर 'स्नेह करता है' यह शब्दसमूह 'प्लेटो' और 'सुकरात' शब्दों के बीच विशिष्ट सम्बन्ध स्थापित करता है। और इसी तथ्य के चलते हमारा वाक्य 'प्लेटो' और 'सुकरात' अभिधेय व्यक्तियों के बीच के सम्बन्ध को अभिव्यक्त कर सकता है। 'हमें यह नहीं कहना चाहिए कि '*aRb*' यह संश्लिष्ट प्रतीक जो एक चिह्न '*a*' का '*b*' से *R* सम्बन्ध को अभिव्यक्त करता है;'' अपितु हमें कहना चाहिए कि

'aRb' यह अभिव्यक्त करता है कि *'a'* का *'b'* से विशिष्ट सम्बन्ध है' (3.1432)।

विट्गेन्स्टाइन के प्रतीकीकरण का सिद्धान्त इस कथन से आरम्भ होता है (2.1): ''हम तथ्यों के अपने-अपने चित्र बनाते हैं।'' उनके मतानुसार, चित्र वस्तुस्थिति का प्रतिरूप होता है, और वस्तुस्थिति में वस्तुएँ, चित्र के अवयवों के अनुरूप होती हैं: चित्र स्वयं ही तथ्य होता है। वस्तुओं का परस्पर एक विशिष्ट सम्बन्ध होता है, इस तथ्य का पता इस बात से चलता है कि चित्र में चित्रित विषय परस्पर सम्बन्धित होते हैं। ''चित्र और चित्रित विषय में कोई साम्य होना चाहिए ताकि उसे चित्रित विषय का चित्र कहा जा सके। अपने ढंग से वस्तुस्थिति का – सही या गलत – चित्रण करने के लिए चित्र और वस्तुस्थिति में चित्रात्मक आकार साझा होना चाहिए।'' (2.161, 2.17)

हम वस्तुस्थिति का तार्किक चित्रण तभी करते हैं, जब हम उसका चित्र के साथ किसी न किसी रूप में साम्य देखते हैं, यानी जब हम केवल तार्किक आकार के तादात्म्य की बात करना चाहते हैं। उनके अनुसार तथ्य का तार्किक चित्र *गेडान्के* होता है। तथ्य का तार्किक चित्र उसके अनुरूप या अननुरूप होता है, और तदनुसार सत्यात्मक या असत्यात्मक होता है, परन्तु दोनों ही स्थितियों में उन दोनों (तथ्य और चित्र) के बीच समान तार्किक आकार रहता है। श्री विट्गेन्स्टाइन द्वारा प्रयुक्त चित्र का अर्थ उनके इस कथन से स्पष्ट हो जाता है : ''ग्रामोफोन रेकार्ड, रागात्मक विचार, लिखित स्वर, और ध्वनि-तरंगें इन सब में अभिव्यंजक वही पारस्परिक आन्तरिक सम्बन्ध है जो भाषा और संसार में है। उन सबको तार्किक पद्धति के अनुसार बनाया जाता है। (परी-कथा के दो युवकों, उनके अपने-अपने घोड़ों और उनके लिली के फूलों जैसे वे सब एक विशिष्ट अर्थ में एक ही हैं।)'' (4.014)। तथ्यसूचक प्रतिज्ञप्ति की सम्भावना तथ्यों को चिह्नों द्वारा द्योतित करने पर निर्भर है। तथाकथित तार्किक 'अचरों' को चिह्नों द्वारा द्योतित नहीं किया जाता, अपितु वे तो तथ्यों के समान स्वयं ही प्रतिज्ञप्तियों के बीच उपस्थित रहते हैं। प्रतिज्ञप्ति और तथ्य एक जैसी तार्किक 'विविधता' को प्रदर्शित करते हैं, लेकिन स्वयं इनका द्योतन नहीं हो सकता, क्योंकि वे तथ्य और चित्र में सामान्य धर्म के रूप में स्थित हैं। विट्गेन्स्टाइन की यह मान्यता है कि किसी भी वास्तविक दार्शनिक विषयवस्तु का तो प्रदर्शन ही किया जा सकता है और जिसका प्रदर्शन होता है वह तथ्य और तार्किक चित्र की समानधर्मिता है। इससे यह निष्कर्ष निकलता है कि दर्शन में कोई भी बात समुचित रूप से नहीं कही जा सकती। प्रत्येक दार्शनिक प्रतिज्ञप्ति अशुद्ध व्याकरण का परिणाम है,

दार्शनिक चर्चा का सर्वोत्कृष्ट परिणाम लोगों को यह बताना है कि दार्शनिक चर्चा एक भूल है। ''दर्शनशास्त्र कोई प्रकृतिविज्ञान नहीं है। ('दर्शनशास्त्र' का कोई ऐसा अर्थ होना चाहिए जो प्रकृति विज्ञान से या तो ऊँचा हो या नीचा, उसकी बराबरी का तो बिल्कुल नहीं।) विचारों की तार्किक (पूर्ण) स्पष्टता ही दर्शन का उद्‌देश्य है। दर्शन सक्रियता का नाम है, किन्हीं सिद्धान्तों की पोथी का नहीं। दार्शनिक कृति का मौलिक कार्य व्याख्या करना है। दर्शन का कार्य 'दार्शनिक प्रतिज्ञप्तियों' का निर्माण न होकर प्रतिज्ञप्तियों का स्पष्टीकरण हुआ करता है। दर्शन के बिना विचार, धुंधले और अस्पष्ट प्रतीत होते हैं'' (4.111 और 4.112)। इस मान्यता के अनुसार पाठकों को विट्‌गेन्स्टाइन द्वारा प्रतिपादित सिद्धान्तों को समझने के लिए ठीक वही बातें बतानी होंगी जिन्हें वे निरर्थक बताकर रद्‌द करते हैं। इस प्रावधान के अनुसार हम उस संसार के चित्र को प्रस्तुत करने का प्रयास करेंगे, जो उनकी प्रणाली के अनुस्यूत हो।

संसार तथ्यों से रचित है। सच तो यह है कि तथ्यों को परिभाषित नहीं किया जा सकता, किन्तु हम उनकी व्याख्या इस तरह कर सकते हैं कि तथ्य वे हैं जो प्रतिज्ञप्तियों को सत्यात्मक या असत्यात्मक बनाते हैं। तथ्यों के अवयव हो सकते हैं, अथवा वे निरवयव भी हो सकते हैं; जैसे 'सुकरात बुद्धिमान एथेंसवासी थे', इस तथ्य में दो अवयव हैं, पहला तो यह कि 'सुकरात बुद्धिमान थे' और दूसरा यह कि 'सुकरात एथेंसवासी थे।' विट्‌गेन्स्टाइन निरवयवी तथ्य को *साखवेरहाल्ट* कहते हैं। इसी को वे आणविक तथ्य भी कहते हैं। यद्यपि आणविक तथ्य में अवयव तो होते हैं, तो भी उनमें कोई ऐसा अवयव नहीं होता जो तथ्य हो। यदि हम 'सुकरात बुद्धिमान है' को आणविक तथ्य मानते हैं तो भी हम यह तो जानते हैं कि 'सुकरात' और 'बुद्धिमान' उसके अवयव हैं। आणविक तथ्य के यथासम्भव समग्र (सैद्धान्तिक, न कि व्यावहारिक सम्भावना) विश्लेषण करने के परिणामस्वरूप प्राप्त संघटकों को हम 'अविभाज्य' अथवा 'वस्तुएँ' कहेंगे। विट्‌गेन्स्टाइन यह दावा नहीं करते कि हम सरल (अविभाज्य) को वस्तुतः प्राप्त कर सकते हैं या हमें उसका आनुभविक ज्ञान होता है। इलेक्ट्रोन की भाँति सिद्धान्त-सिद्धि की यह तार्किक अनिवार्यता है। अविभाज्यों का होना अनिवार्य है, इसे वे इस आधार पर कहते हैं कि प्रत्येक संश्लिष्ट तथ्य अविभाज्यों की पूर्वकल्पना पर आधारित है। तथ्यों में परिमित जटिलता सम्बन्धी पूर्वमान्यता अनिवार्य नहीं है; भले ही प्रत्येक तथ्य में अनन्त संख्यात्मक पारमाणविक तथ्य बने रहें और हर पारमाणविक तथ्य अनन्त वस्तुओं द्वारा संरचित रहे, फिर भी वस्तुएँ और

पारमाणविक तथ्य तो रहेंगे ही (4.2211)। संश्लिष्ट के अस्तित्व को स्वीकारना इसी बात की स्वीकृति है कि उसके अवयव किसी विशिष्ट रूप में परस्पर सम्बन्धित हैं, और यही *तथ्य* की स्वीकृति है। अतः संश्लिष्ट के नामकरण का तात्पर्य यही है कि उस नाम का अर्थ किसी विशिष्ट प्रतिज्ञप्ति की सत्यात्मकता के कारण ही होता है, यानी यह वह प्रतिज्ञप्ति होती है जो संश्लिष्ट के अवयवों के पारस्परिक सम्बन्ध को उजागर करती है। अतः संश्लिष्ट का नामकरण प्रतिज्ञप्तियों की अपेक्षा रखता है, जबकि प्रतिज्ञप्तियाँ अविभाज्यों के नामकरण की अपेक्षा रखती हैं। इस प्रकार यह सिद्ध किया गया है कि अविभाज्यों का नामकरण तर्कशास्त्र में तार्किक रूप से पहले आता है।

पारमाणविक तथ्यों का ज्ञान और उनके आत्यंतिक स्वरूप का ज्ञान संसार का पूर्ण विवरण प्रदान करता है। संसार की सभी वस्तुओं के नामकरण मात्र से संसार का वर्णन नहीं होता; इन वस्तुओं के संघटक पारमाणविक तथ्यों का ज्ञान भी अनिवार्य है। पारमाणविक तथ्यों के साकल्य के उपलब्ध होने पर किसी भी जटिल से जटिल सत्यात्मक प्रतिज्ञप्ति का सैद्धान्तिक रूप से अनुमान लगाया जा सकता है। पारमाणविक तथ्य का उल्लेख करने वाली (सत्यात्मक अथवा असत्यात्मक) प्रतिज्ञप्ति को पारमाणविक प्रतिज्ञप्ति कहा जाता है। सभी पारमाणविक प्रतिज्ञप्तियाँ तार्किक रूप से स्वतन्त्र होती हैं। पारमाणविक प्रतिज्ञप्ति से न तो कोई अन्य प्रतिज्ञप्ति निगमित होती है और न ही उससे असंगत होती है। इसलिए तार्किक अनुमान का सम्पूर्ण सरोकार उन्हीं प्रतिज्ञप्तियों से होता है जो पारमाणविक नहीं होतीं। ऐसी प्रतिज्ञप्तियों को आणविक प्रतिज्ञप्तियाँ कहा जा सकता है।

विट्गेन्स्टाइन द्वारा प्रतिपादित आणविक प्रतिज्ञप्तियों का सिद्धान्त उनके सत्यता-फ़लनकों की संरचना के सिद्धान्त पर निर्भर करता है।

p प्रतिज्ञप्ति का सत्यता-फ़लनक ऐसी प्रतिज्ञप्ति होती है जिसमें *p* हो और जिसकी सत्यात्मकता या असत्यात्मकता केवल *p* की सत्यात्मकता या असत्यात्मकता पर ही निर्भर करती हो, और इसी प्रकार *p, q, r, . . .* अनेक प्रतिज्ञप्तियों वाला सत्यता-फ़लनक ऐसी प्रतिज्ञप्ति होती है जिसकी सत्यात्मकता या असत्यात्मकता *p, q, r, . . .* की सत्यात्मकता या असत्यात्मकता पर निर्भर करती हो। ऐसा पहली नज़र में ही लग सकता है कि सत्यता-फ़लनकों के अलावा भी प्रतिज्ञप्तियों के अन्य कार्य-व्यापार हो सकते हैं; जैसे कि "*A* मानता है कि *p*" प्रतिज्ञप्ति इसका उदाहरण हो सकती है, क्योंकि साधारणतया *A* कुछ प्रतिज्ञप्तियों को सत्यात्मक और इनसे अन्य प्रतिज्ञप्तियों को असत्यात्मक मानेगा; यदि वह अत्यधिक प्रतिभावान व्यक्ति न हो तो हम उसकी इस

मान्यता से कि p सत्यात्मक है यह अनुमान नहीं लगा सकते कि p सत्य है, अथवा उसकी इस मान्यता से कि p असत्यात्मक है, हम यह अनुमान नहीं लगा सकते कि p असत्य है। "p अत्यन्त जटिल प्रतिज्ञप्ति है" अथवा "p प्रतिज्ञप्ति सुकरात के बारे में है", इत्यादि अन्य स्पष्ट अपवाद होंगे। निस्संदेह, प्रस्तुत हेतुओं के आधार पर विट्गेन्स्टाइन का दावा है कि ऐसे अपवाद केवल सतही हैं और प्रतिज्ञप्ति का प्रत्येक कार्य व्यवहार वस्तुतः सत्यता-फ़लनक ही होता है। इससे यह निगमित होता है कि सामान्यतः यदि हम सत्यता-फ़लनकों की परिभाषा दे सकें, तो हमें मूल पारमाणविक प्रतिज्ञप्तियों की शब्दावली में सभी प्रतिज्ञप्तियों की सामान्य परिभाषा प्राप्त हो सकती है। विट्गेन्स्टाइन ऐसा ही करते हैं।

डॉक्टर शेफर ने (*ट्रान्स्क्रिप्टस ऑफ अमेरिकन मैथेमैटिकल सोसायटी*, खण्ड *XIV* पृष्ठ 481 से 488) यह सिद्ध कर दिया है कि प्रदत्त प्रतिज्ञप्ति-समूह के सभी सत्यता-फ़लनकों की संरचना "न-p अथवा न-q" या "न-p और न-q" दोनों में से किसी एक फ़लन द्वारा की जा सकती है। विट्गेन्स्टाइन डॉक्टर शेफर के कार्य के ज्ञान के आधार पर अन्त्योक्त का प्रयोग करते हैं। 'न-p और न-q' को आधार बनाकर अन्य सत्यता-फ़लनकों की संरचना कैसे की गयी है, यह समझना आसान है। "न-p और न-q", "न-p" के बराबर हैं, इसलिए हमें निषेध की परिभाषा मूल-फ़लनक की शब्दावली में प्राप्त हो जाती है : अतः हम "p अथवा q" को परिभाषित कर सकते हैं क्योंकि यह "न-p और न-q" यानी कि मूल फ़लनक का निषेध है। "न-p और न-q" अथवा q से अन्य सत्यता-फ़लनकों को निगमित करने की प्रक्रिया का *प्रिंसिपिआ मैथेमैटिका* के आरम्भ में ही विस्तृत विवरण दिया गया है। हमारे सत्यता-फ़लनक की तर्करूपी प्रतिज्ञप्तियों के परिगणन द्वारा ही हमें सभी मुँहमाँगे विषय उपलब्ध हो जाते हैं। एक अत्यन्त रोचक विश्लेषण द्वारा विट्गेन्स्टाइन इस प्रक्रिया को सामान्य प्रतिज्ञप्तियों पर लागू करने में सफल हो जाते हैं, जो हमारे सत्यता-फ़लनक की युक्तियों वाली ऐसी प्रतिज्ञप्तियाँ नहीं हैं, जिन्हें हमें गणना द्वारा उपलब्ध कराया गया है, अपितु ऐसी सभी प्रतिज्ञप्तियाँ हैं जिन्हें किसी शर्त को पूरा करने के कारण हमें उपलब्ध कराया गया है। उदाहरणार्थ, मान लीजिए कि fx एक प्रतिज्ञप्ति-गत फ़लन है (यानी एक ऐसा फ़लन है, प्रतिज्ञप्तियाँ जिसके मूल्य हैं), जैसे कि "x एक मानव है"—तब fx के मूल्यों से प्रतिज्ञप्तियों का कुलक बनता है। fx के मूल्यों वाली सभी प्रतिज्ञप्तियों के एक साथ

निषेध पर हम 'न-p और न-q' का सिद्धान्त लागू कर सकते हैं। इस प्रकार हम गणितीय तर्कशास्त्र में "x के सभी मूल्यों के लिए fx असत्य है" इन शब्दों द्वारा सामान्यत: द्योतित प्रतिज्ञप्ति पर पहुँच जाते हैं। इसका निषेध "$(\exists x).fx$" द्वारा द्योतित 'कम से कम एक x है जिसके लिए fx सत्य है' यह प्रतिज्ञप्ति है। यदि हम fx के बजाय, न- fx से प्रारम्भ करते तो हम "$(x).fx$" द्वारा द्योतित x के सभी मूल्यों के लिए fx सत्य है' प्रतिज्ञप्ति पर पहुँच जाते हैं। सामान्य प्रतिज्ञप्तियों [यानी "$(x).fx$" और "$\exists x.fx$"], पर विचार करने की विट्गेन्स्टाइन की विधि और पूर्ववर्ती विधियों का भेद इस तथ्य में निहित है कि सम्बन्धित प्रतिज्ञप्तियों के कुलक के विशेष विवरण द्वारा ही सामान्यता का पता चलता है, और एक बार ऐसा हो जाने पर सत्यता-फ़लनकों को ठीक उसी प्रकार से संरचित किया जाता है जैसे $p, q, r, \ldots$ इत्यादि गणनात्मक युक्तियों की सीमित संख्या को किया जाता है।

विट्गेन्स्टाइन ने अपने मूल पाठ में प्रतीकीकरण की पूर्ण व्याख्या नहीं की है। वे इस प्रतीक का प्रयोग करते हैं : $[\bar{p}, (\bar{\xi}), N(\bar{\xi})]$

इस प्रतीक की निम्नलिखित व्याख्या है :

$\bar{p}$ का अर्थ है समस्त पारमाणविक प्रतिज्ञप्तियाँ।

$\bar{\xi}$ का अर्थ है प्रतिज्ञप्तियों का कोई कुलक।

$N(\bar{\xi})$ का अर्थ है $\bar{\xi}$ की रचना करने वाली सभी प्रतिज्ञप्तियों का निषेध हैं।

पारमाणविक प्रतिज्ञप्तियों को चुन कर उनके निषेध से प्राप्त प्रतिज्ञप्तियाँ और इस प्रकार उपलब्ध प्रतिज्ञप्तियों के साथ मूल प्रतिज्ञप्तियों में से कुछ प्रतिज्ञप्तियों को जोड़कर - और इसी प्रकार करते जाने से जो प्राप्त होती हैं वे प्रतिज्ञप्तियाँ $[\bar{p}, (\bar{\xi}), N(\bar{\xi})]$ इस सम्पूर्ण प्रतीक का अर्थ हैं। उनका कहना है कि यही सामान्य सत्यता-फ़लनक है और यही प्रतिज्ञप्ति का सामान्य-आकार भी है। उनका आशय प्रतीयमान अर्थ से कहीं कम जटिल है। इस प्रतीक का आशय प्रक्रिया का विवरण देना है जिसकी सहायता से उपलब्ध पारमाणविक प्रतिज्ञप्तियों से सभी अन्य प्रतिज्ञप्तियों की रचना की जा सकती है। यह प्रक्रिया निम्नलिखित पर निर्भर करती है :

(क) शेफर द्वारा दी गयी इस उपपत्ति पर कि समकालिक निषेध से, अर्थात 'न-p और न-q' से, सत्यता-फ़लनक प्राप्त किए जा सकते हैं;

(ख) विट्गेन्स्टाइन द्वारा प्रतिपादित इस सिद्धान्त पर कि संयोजकों और वियोजकों से सामान्य प्रतिज्ञप्तियों की व्युत्पत्ति होती है;

(ग) इस कथन पर कि सत्यता-फ़लनक की युक्ति के रूप में ही कोई प्रतिज्ञप्ति किसी अन्य प्रतिज्ञप्ति में पायी जाती है।

इन तीन आधारों से यह पता चलता है कि पारमाणविक प्रतिज्ञप्तियों पर एक ही प्रक्रिया लागू करके वे सभी प्रतिज्ञप्तियाँ निगमित की जा सकती हैं जो पारमाणविक नहीं हैं और श्री विट्गेन्स्टाइन के प्रतीक इस प्रक्रिया का द्योतन करते हैं।

संरचना की इस एक ही विधि से हम अनुमान-सिद्धान्त के आश्चर्यजनक सरलीकरण पर पहुँचने के साथ-साथ तर्कशास्त्र की प्रतिज्ञप्तियों की परिभाषा भी पा जाते हैं। उपरोक्त वर्णित प्रतिज्ञप्ति-रचना-विधि के कारण विट्गेन्स्टाइन कह सकते हैं कि पारमाणविक प्रतिज्ञप्तियों से, उपरोक्त विधि के अनुसार, सभी प्रतिज्ञप्तियों की संरचना की जा सकती है और इस प्रकार सभी प्रतिज्ञप्तियों को परिभाषित किया जा सकता है। (उपरोक्त अपवादों से निपटने के ढंग पर हम बाद में विचार करेंगे।) विट्गेन्स्टाइन यह कह सकते हैं, कि पारमाणविक प्रतिज्ञप्तियों के साकल्य (के साथ-साथ इस तथ्य से कि यह उनका साकल्य है) से केवल प्रतिज्ञप्तियाँ ही निर्गमित होती हैं; कि कोई भी प्रतिज्ञप्ति सदैव पारमाणविक प्रतिज्ञप्तियों का सत्यता-फ़लनक होती है; और यह भी कह सकते हैं कि यदि p से q निगमित होता है, तो p का अर्थ q के अर्थ में निहित होता है और इससे निस्संदेह यह परिणाम निकाला जा सकता है कि पारमाणविक प्रतिज्ञप्ति से कुछ भी निगमित नहीं होता। उनका दावा है कि तर्कशास्त्र की सभी प्रतिज्ञप्तियाँ पुनरुक्तियाँ होती हैं; उदाहरणार्थ, "p या न-p"।

पारमाणविक प्रतिज्ञप्तियों से कुछ भी निगमित नहीं होता, इस तथ्य के रोचक उपयोग हैं, उदाहरणार्थ कारणता सिद्धान्त के लिए विट्गेन्स्टाइन द्वारा प्रतिपादित तर्कशास्त्र में कारणता अभिबन्ध जैसा कुछ नहीं होता। उनका कहना है कि 'भविष्य की घटनाओं का अनुमान वर्तमान से *नहीं लगाया जा* सकता। कारणता-अभिबंध में विश्वास अन्धविश्वास है।' कल सूर्य उदित होगा — यह एक प्राक्कल्पना है। वस्तुतः हम नहीं जानते कि वह उदित होगा या नहीं, क्योंकि ऐसा कोई अनिवार्यता-सिद्धान्त नहीं है जिसके अनुसार किसी घटना के घटित होने से किसी अन्य का घटित होना अनिवार्य हो।

आइये, अब हम एक अन्य विषय - नामों के विषय, पर चर्चा करें। विट्गेन्स्टाइन द्वारा प्रतिपादित सैद्धान्तिक तार्किक भाषा में केवल अविभाज्यों

का ही नामकरण किया जाता है। न तो हम किसी एक वस्तु को दो नाम देते हैं और न ही किन्हीं दो वस्तुओं को एक नाम। उनके अनुसार कोई भी ऐसी पद्धति नहीं है जिससे हम नामकरण किए जा सकने वाली वस्तुओं के साकल्य का, अर्थात संसार में जो भी विषय-वस्तुएँ हैं, उनके साकल्य का, विवरण दे सकें। ऐसा करने के लिए हमें किसी ऐसे गुण का ज्ञान होना अनिवार्य है जो तार्किक रूप से सभी वस्तुओं में व्याप्त हो। आत्म-तादात्म्य में ऐसे गुण की खोज की गयी है, किन्तु तादात्म्य के प्रत्यय को विट्गेन्स्टाइन ने अपने अकाट्य तर्कों से इस तरह ध्वस्त किया है कि उनसे बचने की कोई सम्भावना बची ही नहीं है। तादात्म्य-अविभेद्यता द्वारा तादात्म्य की परिभाषा को नकारा गया है, क्योंकि तादात्म्य-अविभेद्यता सिद्धान्त को तार्किक रूप से अनिवार्य सिद्धान्त नहीं माना गया है। इस सिद्धान्त के अनुसार x, y से तभी तद्रूप होता है जब x के सभी गुण y के सभी गुण हों, किन्तु फिर भी तार्किक रूप से यह सम्भव है कि दो वस्तुओं के हुबहू एक जैसे ही गुण हों। इस बात का वस्तुतः न होना संसार का एक आकस्मिक, न कि तार्किक रूप से अनिवार्य गुण है, और निस्संदेह तर्कशास्त्र की संरचना में संसार के आकस्मिक गुणों का कोई स्थान नहीं होना चाहिए। तदनुसार, विट्गेन्स्टाइन तादात्म्य का बहिष्कार करके उस विधि को अपनाते हैं जिसमें भिन्नाक्षर-प्रयोग भिन्नार्थों को द्योतित करते हैं। व्यवहार में तादात्म्य की आवश्यकता नाम और विवरण, या दो विवरणों के बीच भेदाभेद को प्रदर्शित करने के लिए पड़ती है। 'सुकरात वही दार्शनिक है जिसने ज़हर का प्याला पिया था', अथवा 'संख्या 1 के बाद की संख्या पहली समसंख्या होती है' इन जैसी प्रतिज्ञप्तियों के लिए तादात्म्य की आवश्यकता पड़ती है। विट्गेन्स्टाइन द्वारा प्रतिपादित प्रणाली में तादात्म्य के ऐसे प्रयोगों के लिए सहज अवकाश है।

मेरे विचार से विट्गेन्स्टाइन का यह दावा तो कम से कम ठीक ही है कि तादात्म्य को नकारने से वस्तुओं की समग्रता का उल्लेख करने की एक विधि समाप्त हो जाती है, और उसे नकारने से यह भी पता चलता है कि ऐसा करने के लिए सुझायी गयी कोई अन्य विधि भी उतनी ही भ्रामक होती है। इसका अर्थ होता है कि 'वस्तु' का प्रत्यय छद्म-प्रत्यय है। 'x एक वस्तु है' यह कहने का कोई अर्थ नहीं होता। इससे यह पता चलता है कि 'संसार में तीन से अधिक वस्तुएँ हैं' या 'संसार में असंख्य वस्तुएँ हैं, ऐसी बातें हम नहीं कह सकते। वस्तुएँ अपने किसी विशिष्ट गुण से ही पहचानी जाती हैं। हम कह सकते हैं कि 'तीन से अधिक वस्तुएँ मनुष्य हैं', या 'तीन से अधिक वस्तुएँ लाल हैं,' क्योंकि इन कथनों में 'वस्तु' शब्द को तर्कशास्त्र की भाषा के चर

द्वारा प्रतिस्थापित किया जा सकता है, और चर वह होता है जो पहले कथन में 'x मनुष्य है' फ़लनक पर; दूसरे कथन में "x लाल है" फ़लनक पर लागू होता है। किन्तु जब हम कहना चाहते हैं कि 'तीन से अधिक वस्तुएँ हैं' तो 'वस्तु' शब्द को चर द्वारा प्रतिस्थापित करना असम्भव हो जाता है, और इसीलिए यह प्रतिज्ञप्ति निरर्थक प्रतीत होती है।

यहाँ हम विट्गेन्स्टाइन द्वारा प्रतिपादित मूल सिद्धान्त के उस भाग की चर्चा कर रहे हैं जिसमें वे कहते हैं कि संसार की समग्रता के बारे में हम कुछ नहीं कह सकते, और जो कुछ कहा जा सकता है वह संसार के किसी छोटे से भाग के बारे में ही हो सकता है। मूलतः कोई संकेतन-पद्धति इस मत को सुझा सकती है, और यदि ऐसा है तो वह इसकी खूबी है, क्योंकि एक उत्तम संकेतन-पद्धति की सूक्ष्मता एवं विचारोत्तेजकता उसे किसी जीवन्त अध्यापक के समकक्ष खड़ा कर देती है। बहुधा संकेतन-पद्धति की अनियमितताएँ दार्शनिक भ्रान्तियों को सर्वप्रथम द्योतित करती हैं, और आदर्श संकेतन-पद्धति विचार का ही दूसरा रूप है। हो सकता है कि संकेतन-पद्धति ने ही विट्गेन्स्टाइन को शुरू में सुझाया हो कि तर्कशास्त्र संसार में उपलब्ध वस्तुओं द्वारा परिसीमित है न कि समग्र संसार से, तो भी एक बार इसे हृदयंगम करने के बाद उनको इसके अनेक अन्य आयाम भी सूझे। मैं नहीं जानता कि अन्ततोगत्वा यह सत्य होगा कि नहीं। इस प्रस्तावना में मेरा कार्य इसकी व्याख्या देना है न कि इसका मूल्यांकन करना। इस मत के अनुसार संसार से बाहर जाने पर ही, अर्थात हमारे लिए इस संसार की सम्पूर्णता के समाप्त होने पर ही, हम संसार की समग्र-रूपेण व्याख्या कर सकते हैं। संसार से ऊपर विराजमान किसी अलौकिक शक्ति के लिए हमारा संसार सीमाबद्ध हो सकता है, किन्तु हमारे लिए चाहे वह कितना भी सीमित क्यों न हो तो भी उसकी सीमा-रेखा नहीं होती, क्योंकि सीमा-रेखा के बाहर तो कुछ है ही नहीं। साम्यानुमान के रूप में विट्गेन्स्टाइन, गोचर-क्षेत्र का प्रयोग करते हैं। हमारे लिए, गोचर-क्षेत्र की कोई सीमा रेखा दृष्टिगोचर नहीं होती, क्योंकि हमारे गोचर-क्षेत्र से बाहर तो कुछ है ही नहीं, और इसी प्रकार हमारे तार्किक संसार की कोई तार्किक सीमा नहीं है; क्योंकि हमारे तर्क को अपने से अन्य का ज्ञान ही नहीं होता। ये विचार उन्हें अहंमात्रवाद की विचित्र सी चर्चा की ओर ले जाते हैं। उनका कहना है कि संसार तर्क से परिपूर्ण है। संसार की सीमाएँ तर्क की भी सीमाएँ हैं। इसलिए तर्कशास्त्र में हम यह नहीं कह सकते हैं कि अमुक-अमुक वस्तुएँ तो संसार में ही हैं, किन्तु अमुक नहीं क्योंकि ऐसा कहने से कई सम्भावनाएँ तो छूट ही जाएंगी, पर यह सम्भव नहीं है

क्योंकि इसके लिए तर्कशास्त्र को अनिवार्यतः संसार की सीमाओं से परे जाना होगा; मानो सीमा पार से वह इन सीमाओं की कल्पना कर सकता हो। हम अचिन्त्य का चिन्तन नहीं कर सकते और इसीलिए हम अचिन्त्य का उल्लेख भी नहीं कर सकते।

उनका कहना है कि इससे हमें अहंमात्रावाद की कुंजी मिल जाती है। अहंमात्रावाद का दावा बिल्कुल सही है, किन्तु उसे अभिव्यक्त नहीं किया जा सकता, उसे केवल प्रदर्शित किया जा सकता है। 'यह संसार *मेरा* संसार है', यह कथन प्रदर्शित करता है, मानो कि भाषा (जिस भाषा को मैं समझता हूँ) की सीमा-रेखा मेरे संसार की सीमा रेखाएँ हैं। पराभौतिक विषय-वस्तु संसार से सम्बन्धित न होकर संसार की सीमा-रेखा है।

अब हम अणु-प्रतिज्ञप्तियों से सम्बन्धित प्रश्नों पर विचार करेंगे। पहली दृष्टि में ये अणु-प्रतिज्ञप्तियाँ स्वानुगत उदाहरणार्थ "A का विश्वास है कि p" की सत्यता-फ़लनक नहीं लगतीं।

विट्गेन्स्टाइन इस विषय को अपने मत के उदाहरण के रूप में उस कथन के द्वारा प्रस्तुत करते हैं जिसमें वे कहते हैं कि सभी अणु-फ़लनक सत्यता-फ़लनक होते हैं। वे (5.54) में कहते हैं 'प्रतिज्ञप्तियाँ अपने सामान्य आकार में अन्य प्रतिज्ञप्तियों के सत्यात्मक प्रक्रियाओं के आधारों के रूप में ही होती हैं।' ऐसे में लगता है मानो विट्गेन्स्टाइन इस बात की व्याख्या कर रहे हों कि प्रतिज्ञप्तियाँ किसी अन्य प्रकार की भी हो सकती हैं, उदाहणार्थ "A का विश्वास है कि p"। सरसरी तौर पर यहाँ ऐसा प्रतीत होता है मानो प्रतिज्ञप्ति p का A वस्तु से किसी प्रकार का सम्बन्ध है। 'निस्संदेह, यह स्पष्ट है कि "A का विश्वास है कि p", "A को p सूझा", "A कहता है कि p इनका "p कहता है कि p" आकार है; और इसमें तथ्य के साथ वस्तु का कोई सम्बन्ध नहीं होता, अपितु इसमें तथ्यों की संघटक वस्तुओं के द्वारा तथ्यों का सम्बन्ध होता है' (5.542)।

यह बात विट्गेन्स्टाइन इतने संक्षेप में कहते हैं कि इन विवादों से अनभिज्ञ लोग इस चर्चा के उद्देश्य को समझ ही नहीं पाएँगे। जिन सिद्धान्तों से वे असहमत हैं, वे सत्य एवं असत्य के स्वरूप के बारे में मेरे द्वारा *फ़िलोसॉफ़िकल एस्सेज़* और *प्रोसीडिंग्स ऑव दा एरिस्टॉटेलियन सोसायटी, 1906-07* में लिखित लेखों में देख सकते हैं। यहाँ विश्वास के तार्किक आकार की समस्या है, अर्थात विश्वास प्रक्रिया का द्योतन करने वाले आकृति कल्प की समस्या है। निस्संदेह, समस्या केवल विश्वास की ही न होकर संशय, विचार, इच्छा, इत्यादि प्रतिज्ञप्ति-गत अभिवृत्तियाँ कहलायी जाने

वाली अनेक अन्य मानसिक घटनाओं की भी है। इन सभी स्थितियों से घटनाओं को इस प्रकार अभिव्यक्त करना स्वाभाविक लगता है, '*A* को संशय है कि *p*', "*A, p* पर विचार करता है", "*A* की इच्छा है कि *p*" इत्यादि, जिससे ऐसा लगता है जैसे हम किसी व्यक्ति और किसी प्रतिज्ञप्ति के सम्बन्ध की बात कर रहे हों। निस्संदेह, यह निर्णायक विश्लेषण नहीं हो सकता, क्योंकि व्यक्तियों की तरह प्रतिज्ञप्तियाँ भी काल्पनिक होती हैं सिवाय उस स्थिति के जिसमें वे स्वयं में ही स्वरूपत: तथ्य हों। तथ्य माने जाने वाली प्रतिज्ञप्ति ऐसा शब्दसमूह हो सकती है जो स्वगत कथन हो, या कोई संश्लिष्ट बिम्ब हो, या मन में आने वाली विचार-शृंखला हो, या सहज शारीरिक व्यापार हो। वह असंख्य भिन्न-भिन्न वस्तुओं में से कोई एक हो सकती है। तथ्य होने वाली प्रतिज्ञप्ति, उदाहरणार्थ स्वगत-कथन, में प्रयुक्त वास्तविक शब्दों के समूह, तर्कशास्त्र के लिए प्रासंगिक नहीं हैं। इन तथ्यों की समानधर्मता जिससे प्रतिज्ञप्ति द्वारा अभिव्यक्त तथ्य का *पता चलता है* केवल वही तर्कशास्त्र में प्रासंगिक है। निस्संदेह, मनोविज्ञान के लिए कई अन्य विषय भी प्रासंगिक हैं; क्योंकि केवल तार्किक सम्बन्ध के कारण ही प्रतीक का अर्थ वह नहीं होता जिसका वह प्रतीकीकरण करता है, बल्कि वह उसका प्रतीकीकरण अभिप्राय, या साहचर्य, इत्यादि, जैसे मनोवैज्ञानिक सम्बन्धों के कारण करता है। अर्थ के मनोवैज्ञानिक पक्ष में तर्कशास्त्री की कोई रुचि नहीं है। विश्वास के तार्किक आकृतिकल्प में ही उसकी रुचि होती है। यह तो स्पष्ट है कि जब कोई व्यक्ति किसी प्रतिज्ञप्ति पर विश्वास करता है तो उसकी व्याख्या देने के लिए उसे किसी पराभौतिक विषय-रूप की कल्पना करने की आवश्यकता नहीं होती। आवश्यकता तो तथ्य माने जानी वाली प्रतिज्ञप्ति के शब्द-समूह में, और प्रतिज्ञप्ति को सत्य या असत्य सिद्ध करने वाले 'वस्तुनिष्ठ' तथ्य में, सम्बन्ध की व्याख्या की है। अन्तत: यह प्रतिज्ञप्तियों के अर्थ की समस्या बन कर रह जाती है, अर्थात विश्वास के विश्लेषण में प्रतिज्ञप्ति का अर्थ ही अ-मनोवैज्ञानिक पक्ष है। यह समस्या तो दो तथ्यों के बीच सम्बन्ध, उदाहरणार्थ, विश्वासकर्ता द्वारा प्रयुक्त शब्द-शृंखला में, और इन शब्दों को सत्य और असत्य बनाने वाले तथ्य में सम्बन्ध की ही समस्या है। शब्द-शृंखला भी उन्हें, सत्य और असत्य सिद्ध करने वाले तथ्य के समान, एक तथ्य है। ऐसा नहीं है कि इन दो तथ्यों का सम्बन्ध विश्लेषित नहीं किया जा सकता हो, क्योंकि प्रतिज्ञप्ति का अर्थ उसके अवयवभूत पदों के अर्थ का ही परिणाम है। प्रतिज्ञप्ति-रूप शब्द-शृंखला का अर्थ उसके तथा भिन्न-भिन्न शब्दों के अर्थों का फ़लन होता है। अत:, प्रतिज्ञप्ति के अर्थ की

व्याख्या के लिए सम्पूर्ण प्रतिज्ञप्ति की आवश्यकता नहीं होती। मैं जिस बात को कहना चाहता हूँ, उसे समझाने के लिए यह कहना शायद उचित होगा कि हमारी विचारणीय परिस्थितियों में प्रतिज्ञप्तियाँ, प्रतिज्ञप्तियों के रूप में न होकर तथ्य के रूप में प्रस्तुत होती हैं। निस्संदेह, इस कथन को अभिधा के रूप में नहीं समझा जाना चाहिए। मुख्य बात तो विश्वास, इच्छाओं, इत्यादि क्रियाओं को सत्य या असत्य सिद्ध करने वाले *तथ्य रूपी ऐसे* मूलभूत सम्बन्ध की है जो उन दोनों तथ्यों के अवयवों के सम्बन्ध में रूपान्तरित की जा सके। इसलिए, यहाँ प्रतिज्ञप्ति उस अर्थ में प्रयुक्त नहीं की जाती जिस अर्थ में वह सत्यता-फ़लनक में प्रयुक्त होती है।

मुझे लगता है कि विट्गेन्स्टाइन के सिद्धान्त के कतिपय पक्षों को अत्यधिक तकनीकी विकास की आवश्यकता है। विशेषकर उनके अंक-सिद्धान्त (6.02ff) को जो अपने वर्तमान रूप में केवल सीमित संख्याओं पर ही लागू होता है। किसी भी तर्कशास्त्रीय सिद्धान्त को तब तक पर्याप्त नहीं माना जा सकता जब तक वह असीमित संख्याओं पर अपनी उपयोगिता सिद्ध न कर दे। मेरे विचार से विट्गेन्स्टाइन की प्रणाली में कुछ भी ऐसा नहीं है जिससे इस कमी को पूरा करना सम्भव न हो।

इस प्रकार के तुलनात्मक विवरणों से कहीं अधिक रोचक विट्गेन्स्टाइन के रहस्यवाद सम्बन्धी विचार हैं। यहाँ उनके विचार विशुद्ध तर्कशास्त्र के उनके उस सिद्धान्त की स्वाभाविक उपज हैं जिसके अनुसार तार्किक प्रतिज्ञप्ति, तथ्य का (सही या गलत) चित्र है, और उसकी संरचना तथ्यानुरूप होती है। इसी समानधर्मी संरचना के कारण प्रतिज्ञप्ति तथ्य का चित्र हो पाती है, किन्तु इस संरचना की अभिव्यक्ति नहीं हो सकती, क्योंकि यह शब्दों के साथ-साथ अर्थ (द्योतित-तथ्यों) की भी संरचना है। इसलिए भाव-प्रकाशन विषयक प्रत्यय में ही निहित विषयवस्तु को भाषा अभिव्यक्त नहीं कर सकती, अत: उसकी समुचित अभिव्यक्ति नहीं की जा सकती। विट्गेन्स्टाइन के मत में सम्पूर्ण तर्कशास्त्र और दर्शन उसी अनिर्वचनीयता के दायरे में निहित हैं। उनका कहना है कि दर्शनशास्त्र को सिखाने का सही ढंग यह होगा कि विद्यार्थी को युक्तियुक्त एवं स्पष्ट ढंग से केवल विज्ञान की प्रतिज्ञप्तियों के बारे में ही बताया जाए, दार्शनिक कथन विद्यार्थी के लिए ही छोड़ दिये जाएँ और उसके द्वारा किसी दार्शनिक कथन का उल्लेख किए जाने पर उसे यह स्पष्ट कर दिया जाये कि वह कथन निरर्थक है। सम्भव है कि इस अध्यापन-विधि का अनुसरण करने वाले व्यक्ति को सुकरात जैसी यातना भुगतनी पड़े, किन्तु यदि वह विधि ही ठीक है तो हमें इस डर के कारण इस विधि को

छोड़ना नहीं चाहिए। इस मत को स्वीकारने में हिचकिचाहट का कारण यह डर नहीं है, क्योंकि विट्गेन्स्टाइन ने इस मत के समर्थन में अत्यन्त प्रभावशाली युक्तियाँ दी हैं। वस्तुतः इसको स्वीकारने में हिचकिचाहट का कारण यह तथ्य है कि विट्गेन्स्टाइन अकथनीय के बारे में बहुत कुछ कहते हैं; इससे प्रबुद्ध पाठक को यह शंका होने लगती है कि भाषिक संरचना के किसी विशिष्ट गुण के कारण ऐसा किया जा सकता है, या अभिव्यक्ति का कोई अन्य ढंग भी है। उदाहरणार्थ, विट्गेन्स्टाइन ने सम्पूर्ण नीतिशास्त्र को अनिर्वचनीय रहस्यमय क्षेत्र में रखा है। फिर भी वे अपनी नैतिक मान्यताओं को समझाने में समर्थ रहे हैं। उनका बचाव यह हो सकता है कि जिसे वे रहस्यमय कहते हैं, उस विषय को प्रदर्शित किया जा सकता है, यद्यपि व्यक्त नहीं किया जा सकता। हो सकता है कि उनका यह बचाव पर्याप्त हो, किन्तु मैं मानता हूँ कि इससे मुझे एक प्रकार की बौद्धिक बेचैनी होती रहती है।

एक विशुद्ध तार्किक समस्या के लिए तो ये कठिनाइयाँ बहुत विकट हैं। मेरा अभिप्राय सामान्यता की समस्या से है। सामान्यता-सिद्धान्त में यह अनिवार्य है कि प्रतिज्ञप्ति-गत फ़लन fx प्रदत्त होने पर हम fx आकार वाली सभी प्रतिज्ञप्तियों पर विचार करें। विट्गेन्स्टाइन की प्रणाली में तर्कशास्त्र के इस भाग को अभिव्यक्त किया जा सकता है। किन्तु विट्गेन्स्टाइन यह नहीं मानते कि fx आकार वाली प्रतिज्ञप्तियों के साकल्य में निहित x के सभी सम्भावित मूल्यों के साकल्य का उल्लेख किया जा सकता है, क्योंकि वह संसार की वस्तुओं का साकल्य ही तो है, और इसलिए उसमें समग्र संसार को समझने का प्रयास निहित है; 'संसार को सीमित समष्टि के रूप में समझना - यही रहस्य है', अतः, x के मूल्यों का साकल्य ही रहस्य है। (6.45)। विट्गेन्स्टाइन ने इस बात को अत्यन्त स्पष्ट रूप से प्रतिपादित किया है जब वे इस बात को अस्वीकार करते हैं कि संसार की वस्तुओं की संख्या को हम प्रतिज्ञप्तियों में अभिव्यक्त कर सकते हैं, उदाहरण के लिए हम कह सकते हैं कि संसार में तीन से अधिक वस्तुएँ हैं।

इन कठिनाइयों से मुझे निम्नलिखित सम्भावना सूझती है : प्रत्येक भाषा में, जैसा कि विट्गेन्स्टाइन कहते हैं, एक ऐसी संरचना होती है जिसके बारे में *उस भाषा* में कुछ भी नहीं कहा जा सकता, किन्तु नयी संरचना वाली एक ऐसी अन्य भाषा हो सकती है जिसमें पहले वाली भाषा की संरचना की बात की जा सके, और इस प्रकार की भाषाओं का कोई अन्त न हो। निस्संदेह, विट्गेन्स्टाइन का उत्तर यह होगा कि बिना किसी परिवर्तन के उनका सम्पूर्ण

सिद्धान्त ऐसी भाषाओं के साकल्य पर लागू होता है। ऐसी भाषाओं के साकल्य को नकारना ही इसका प्रत्युत्तर होगा। विट्गेन्स्टाइन जिन साकल्यों का तर्कत: उल्लेख करना असम्भव मानते हैं, उन्हीं की सत्ता को वे स्वीकारते हैं और वही उनके रहस्यवाद की विषयवस्तु है। भाषाओं की ऐसी आनुक्रमिक शृंखला से प्राप्त साकल्य केवल तार्किक रूप से अनिर्वचनीय ही नहीं होगा, वह एक गल्प होगा, एक मृगमरीचिका होगी, और इस प्रकार रहस्य के हवाई किले का अन्त हो जाएगा। ऐसी प्राक्कल्पना अत्यन्त दूरूह है, और मैं उस पर उठने वाली आपत्तियों को समझ सकता हूँ, किन्तु फिलहाल मैं उनके निराकरण के उपाय नहीं जानता। फिर भी मैं नहीं जानता कि विट्गेन्स्टाइन के निष्कर्षों से इससे अधिक सरल प्राक्कल्पना कैसे बनायी जा सकती है। इस अत्यन्त कठिन प्राक्कल्पना के तर्कसंगत सिद्ध होने पर भी यह विट्गेन्स्टाइन के सिद्धान्त के एक बहुत बड़े भाग को अछूता ही छोड़ देती है, यद्यपि यह वह भाग नहीं है जिसे स्वयं विट्गेन्स्टाइन अत्यधिक महत्त्वपूर्ण मानते हैं। तर्कशास्त्र की कठिनाइयों का, और अकाट्य प्रतीत होने वाले सिद्धान्तों के भ्रामक स्वरूप का लम्बा अनुभव रखने के नाते, मैं किसी सिद्धान्त को केवल इसी कारण बिल्कुल ठीक नहीं मान सकता कि मुझे फिलहाल उसकी त्रुटियों का पता नहीं चल रहा। किन्तु तर्कशास्त्र में किसी भी मुद्दे पर स्पष्टत: गलत न होने वाले सिद्धान्त की रचना कर पाना एक बेहद कठिन एवं महत्त्वपूर्ण उपलब्धि है। मेरे विचार से विट्गेन्स्टाइन की पुस्तक की यही खूबी है, और इसी कारण कोई भी गंभीर दार्शनिक इसकी उपेक्षा नहीं कर सकता।

मई, 1922

—बर्ट्रैंड रसेल

ट्रैक्टेटस लॉजिको-फ़िलोसॉफ़िकस

अपने मित्र डेविड एच. पिन्सेन्ट
की स्मृति को समर्पित

ध्येय : . . . और मनुष्य जो कुछ भी जानता है, जो महज़ सुना-सुनाया गुलगपाड़ा और शोर-शराबा नहीं है, उसे तीन शब्दों में कहा जा सकता है।

—कून्बर्गर

ट्रैक्टेटस लॉजिको-फ़िलोसॉफ़िकस

प्राक्कथन

संभवतः इस पुस्तक को सिर्फ वही समझ पाएगा जिसने पहले से ही इसमें अभिव्यक्त विचारों या कम से कम उनसे मिलते-जुलते विचारों पर मनन किया हो। इसलिए यह कोई पाठ्य पुस्तक नहीं है। इसको पढ़कर समझने वाले किसी एक व्यक्ति को भी यदि यह पुस्तक आनन्द प्रदान करे तो यह अपने उद्देश्य की पूर्ति में सफल हो जाएगी।

यह पुस्तक दार्शनिक समस्याओं से सरोकार रखती है और मेरी सोच के अनुसार इसमें यह सिद्ध किया गया है कि हमारी भाषा की गलत समझ ही इन समस्याओं की उत्पत्ति का कारण है। इस पुस्तक के सार-संक्षेप को निम्नलिखित शब्दों में कहा जा सकता है : जो कुछ भी कहा जा सकता है उसकी सहज एवं स्पष्ट अभिव्यक्ति होनी चाहिए, और जो बात कही नहीं जा सकती वहाँ मौन ही श्रेयस्कर है।

अतः, इस पुस्तक का उद्देश्य विचारों की – बल्कि विचारों के बजाय विचारों की अभिव्यक्ति की सीमा का निर्धारण करना है : क्योंकि विचारों की सीमा निर्धारित करने के लिए, हमें उसके दोनों छोरों की कल्पना करनी होगी (यानी हममें अचिन्त्य पर भी चिन्तन करने का सामर्थ्य होना चाहिए)।

यह सीमा-निर्धारण भाषा में ही किया जा सकता है, और भाषा की इस सीमा के पार सब कुछ निरर्थक ही है।

मेरे प्रयासों का दूसरे दार्शनिकों से क्या साम्य-वैषम्य है, इस पर मैं कोई टिप्पणी नहीं करना चाहता। वस्तुतः, यहाँ मौलिकता का मेरा कोई दावा भी नहीं है और किसी सन्दर्भ का न दिया जाना केवल इस बात का सूचक है कि मुझे इससे कोई अंतर नहीं पड़ता कि ये विचार मुझसे पहले भी किसी अन्य व्यक्ति को सूझ गए थे।

यहाँ इतना ही कहना पर्याप्त है कि फ्रेगे की महान कृतियों, और अपने मित्र बर्ट्रेंड रसेल की रचनाओं ने मुझे चिन्तन के लिए प्रेरित किया और इसलिए मैं इन दोनों महानुभावों का आभारी हूँ।

इस कृति का यदि कोई महत्त्व है तो वह दो बातों में है : पहली बात तो यह है कि इसमें विचारों की स्पष्ट अभिव्यक्ति है, और इस परिप्रेक्ष्य में विचारों की जितनी स्पष्ट अभिव्यक्ति होगी, उतना ही तीर लक्ष्य को भेद सकेगा – उतना ही इसका महत्त्व बढ़ेगा। – मैं इस बारे में सचेत हूँ कि यहाँ मैं इस लक्ष्य से बहुत पीछे रह गया हूँ। कारण इस लक्ष्य-प्राप्ति के लिए अपेक्षित सामर्थ्य की मुझमें कमी का होना है। ईश्वर करे अन्य लोग मुझसे बेहतर इस कार्य को पूरा करें।

पर मुझे यहाँ अभिव्यक्त विचारों की *सत्यता* अकाट्य और निर्णायक प्रतीत होती है। इसलिए मैं यह समझता हूँ कि समस्त महत्त्वपूर्ण विषयों और समस्याओं का मुझे समुचित निदान मिल गया है। यदि मेरा मानना गलत नहीं है तो इस पुस्तक की अन्यतम खूबी इस बात का पता चलना है कि इन समस्याओं का निदान कोई बड़ी उपलब्धि नहीं है।

वियना, 1918 **—लुडविग विट्गेन्स्टाइन**

लुडविग विट्गेन्स्टाइन : ट्रैक्टेट्स लॉजिको-फ़िलोसॉफ़िकस

1.[*] जो कुछ है वही संसार है।

1.1 संसार तथ्यों का साकल्य है, वस्तुओं का नहीं।

1.11 संसार तथ्यों से, तथा उन तथ्यों की तथ्य-*समग्रता* होने से निर्धारित होता है।

1.12 क्योंकि तथ्यों की समग्रता ही क्या सत् है, और यह भी कि क्या असत् है, इसका निर्धारण करती है।

1.13 संसार तर्कसंवेद्य-आकाश में विद्यमान तथ्य हैं।

1.2 संसार तथ्यों में वितरित है।

1.21 प्रत्येक तथ्य का अस्तित्व या अनस्तित्व यथावत रह सकता है भले ही अन्य तथ्य पूर्ववत् स्थिति में रहें।

2 जो कुछ भी है - वह एक तथ्य है - वही वस्तुस्थितियों का होना है।

2.01 वस्तुस्थिति (पदार्थों की स्थिति) वस्तुओं (पदार्थों) का समुच्चय है।

2.011 वस्तुओं के लिए यह अनिवार्य है कि वे वस्तुस्थितियों के संभाव्य अंग हों।

2.012 तर्क में कुछ भी सांयोगिक नहीं होता: यदि कोई वस्तु किसी वस्तुस्थिति में पाई जा सकती है, तो उस वस्तुस्थिति की सम्भावना उस वस्तु में अनिवार्यत: पहले से ही समवेत होती है।

2.0121 पहले से पूर्णत: स्वायत्त रूप में अस्तित्ववान वस्तु के अनुकूल किसी वस्तुस्थिति का पाया जाना महज एक संयोग होगा।

---

[*] प्रतिज्ञप्ति में प्रदर्शित दशमलव अंक मेरी व्याख्या में उसके तार्किक महत्त्व को इंगित करता है। $n.1, n.2, n.3$ इत्यादि प्रतिज्ञप्ति संख्या n पर टिप्पिणियाँ हैं; $n.m1, n.m2$ इत्यादि प्रतिज्ञप्तियाँ प्रतिज्ञप्ति संख्या $n.m$ पर टिप्पणियाँ हैं; इत्यादि।

यदि वस्तुएँ वस्तुस्थितियों में पाई जा सकती हैं तो उनमें यह सम्भावना अनिवार्य रूप आरम्भ से ही होनी चाहिए।

(तर्क के क्षेत्र में मात्र सम्भावना जैसा कुछ नहीं हो सकता। तर्क सभी सम्भावनाओं से सरोकार रखता है और सभी सम्भावनाएँ तर्क के तथ्य होते हैं।)

जिस प्रकार दैशिक वस्तुओं की कल्पना हम दिक् से बाहर, या फिर कालिक वस्तुओं की कल्पना काल से बाहर कतई नहीं कर सकते, उसी प्रकार कोई ऐसी वस्तु *नहीं* हो सकती जिसकी अन्य वस्तुओं के साथ संयोजित किए जाने की *सम्भावना* की कल्पना ही न की जा सके।

यदि मैं वस्तुस्थितियों के साथ संयुक्त हुई वस्तुओं की कल्पना कर सकता हूँ, तो मैं उन वस्तुओं की कल्पना इस प्रकार के संयोजनों की सम्भावना से वियुक्त होकर नहीं कर सकता।

2.0122 समस्त *संभाव्य* परिस्थितियों में पाया जा सकना ही वस्तुओं की स्वतन्त्रता है, किन्तु स्वतन्त्रता का यह रूप वस्तुस्थितियों के साथ उन वस्तुओं का एक प्रकार का सम्बन्ध है, एक प्रकार की परतन्त्रता है। (शब्दों के लिए यह असम्भव है कि वे दो अलग-अलग भूमिकाओं में पाए जाएँ : स्वयं में तथा प्रतिज्ञप्तियों में।)

2.0123 यदि मैं किसी वस्तु को जानता हूँ तो वस्तुस्थितियों में उसकी उपलब्धता की सकल सम्भावनाओं को भी जानता हूँ।

(ऐसी प्रत्येक सम्भावना वस्तु के स्वभाव का अनिवार्य अंश है।)

इसके बाद किसी नई सम्भावना के पाए जाने का कोई अवकाश नहीं रहता।

2.01231 यदि मुझे किसी वस्तु को जानना है तो भले ही मुझे उसके बाह्य गुणों का ज्ञान न हो, परन्तु यह अनिवार्य होगा कि मुझे उसके समस्त आन्तरिक गुणों का ज्ञान हो।

2.0124 यदि सभी वस्तुएँ प्रदत्त हैं तो सभी *संभाव्य* वस्तुस्थितियाँ भी प्रदत्त हैं।

2.013 कहा जा सकता है कि प्रत्येक वस्तु संभावित वस्तुस्थितियों के देश में होती है। मैं इस देश के रिक्त होने की कल्पना तो कर सकता हूँ, किन्तु मैं देश-विहीन वस्तु की कल्पना भी नहीं कर सकता।

2.0131 दैशिक वस्तु का अनन्त दिक् में स्थिति होना अनिवार्य है। (दैशिक बिन्दु ही विवेचन का मुद्दा हो सकता है।)

दृश्यमान क्षेत्र के बिन्दु का कोई न कोई रंग होना अनिवार्य है, यह ज़रूरी नहीं कि वह लाल रंग का ही हो : यूँ कहें कि वह रंग-क्षेत्र से घिरा है। सुरों में *किसी* आलाप का होना अनिवार्य है, स्पृश्य

वस्तुओं में *कमोबेश* कठोरता अनिवार्य है, इत्यादि।

2.014 वस्तुओं में सभी परिस्थितियों की संभावनाएँ निहित होती हैं।

2.0141 वस्तुस्थितियों में वस्तु के होने की संभावना ही वस्तु-आकार है।

2.02 वस्तुएँ सरल होती हैं।

2.0201 संश्लिष्ट विषयक प्रत्येक उक्ति को संश्लिष्टों के संघटकों सम्बन्धी कथनों में और उन संश्लिष्टों का सम्पूर्ण विवरण देनेवाली प्रतिज्ञप्तियों में विश्लेषित किया जा सकता है।

2.021 संसार-तत्त्व वस्तुओं से निर्मित है। यही कारण है कि वस्तुएँ संश्लिष्ट नहीं हो सकतीं।

2.0211 यदि संसार अतात्त्विक होता तो कोई प्रतिज्ञप्ति सार्थक है या नहीं इसका निर्धारण किसी अन्य प्रतिज्ञप्ति की सत्यता पर निर्भर करता।

2.0212 उस स्थिति में हम संसार का (सत्य अथवा मिथ्या के रूप में) चित्रण नहीं कर पाते।

2.022 यह तो सुस्पष्ट है कि काल्पनिक संसार और वास्तविक संसार में *कुछ न कुछ* आकार-प्रकार एक जैसा अवश्य होता है, भले ही उन दो संसारों में कितना भी भेद क्यों न हो।

2.023 वस्तुएँ ही इस अविकारी आकार के अवयव हैं।

2.0231 संसार के तत्त्व से केवल आकार का ही निर्धारण *हो सकता है,* भौतिक गुणों का नहीं। क्योंकि प्रतिज्ञप्तियों के माध्यम से ही भौतिक गुणों का प्रतिनिधित्व हो पाता है - केवल वस्तुओं के समुच्चय से ही उनकी निष्पत्ति होती है।

2.0232 कहा जा सकता है कि वस्तुएँ वर्णहीन होती हैं।

2.0233 यदि दो वस्तुओं का तार्किक आकार एक जैसा हो तो उनके बाह्य गुणों के अतिरिक्त उनमें केवल यही भेद होगा कि वे भिन्न हैं।

2.02331 या तो यह हो सकता है कि किसी वस्तु में ऐसे गुण हैं जो अन्य किसी वस्तु में नहीं हैं, ऐसी स्थिति में अन्य वस्तुओं से उसका भेद दिखलाने के लिए, और उसका संकेतन करने के लिए, हम अविलम्ब किसी विवरण का प्रयोग कर सकते हैं; अन्यथा यह भी हो सकता है कि अनेक वस्तुएँ हैं जो अपने सभी गुणों में समानधर्मा हैं और इसी कारण उनमें से किसी एक को इंगित करना असम्भव होगा।

क्योंकि यदि किसी वस्तु को अन्य वस्तुओं से भिन्न करने वाला कोई तत्त्व है ही नहीं तो मैं उसे अन्य से अलग नहीं कर पाऊँगा, क्योंकि पृथक्करण की स्थिति में तो अन्ततः उसका भेद हो ही जाएगा।

2.024 द्रव्य वह है जिसकी सत्ता वस्तुस्थिति के होने (या न होने) से स्वतन्त्र है।

2.025 द्रव्य आकार और विषय है।

2.0251 दिक्, काल और वर्ण (रंगीन होना) वस्तुओं के आकार हैं।

2.026 संसार के अविकारीय आकार के लिए वस्तुओं का होना अनिवार्य है।

2.027 वस्तुएँ, अविकारी द्रव्य, एवं सत् ये सब एक ही हैं।

2.0271 जो अविकारी एवं सत् है वे ही वस्तुएँ हैं; केवल उनका विन्यास ही विकारी और अस्थायी है।

2.0272 वस्तुओं के विन्यास से वस्तुस्थितियों की उत्पत्ति होती है।

2.03 वस्तुस्थिति में वस्तुएँ एक दूसरे के साथ इस तरह जुड़ी होती हैं जैसे जंजीर की कड़ियाँ।

2.031 वस्तुस्थितियों में वस्तुओं का परस्पर एक सुनिश्चित सम्बन्ध होता है।

2.032 वस्तुस्थिति में वस्तुएँ जिस सुनिश्चित ढंग से एक दूसरे से जुड़ी होती हैं वही उस वस्तुस्थिति की संरचना होती है।

2.033 आकार संरचना की सम्भावना है।

2.034 तथ्य की संरचना में वस्तुस्थितियों की संरचनाएँ निहित होती हैं।

2.04 अस्तित्ववान वस्तुस्थितियों का साकल्य ही संसार है।

2.05 अस्तित्ववान वस्तुस्थितियों के साकल्य से इस बात का भी निर्धारण हो जाता है कि कौन-सी वस्तुस्थितियों का अस्तित्व नहीं है।

2.06 वस्तुस्थितियों का होना या न होना ही यथार्थता है।
(हम वस्तुस्थितियों के होने को भावात्मक और उनके न होने को अभावात्मक तथ्य भी कहते हैं।)

2.061 वस्तुस्थितियाँ एक दूसरे से स्वतन्त्र होती हैं।

2.062 एक वस्तुस्थिति के होने या न होने से दूसरी वस्तुस्थिति के होने या न होने की अनुमिति असम्भव है।

2.063 यथार्थता का साकल्य ही संसार है।

2.1 हम तथ्यों के अपने-अपने चित्र बनाते हैं।

2.11 स्थिति विशेष का चित्र वस्तुस्थितियों के होने और न होने की तर्कसंवेद्य क्षेत्र में प्रस्तुति है।

2.12 चित्र यथार्थता का एक प्रतिरूप है।

2.13 चित्र में चित्रित वस्तुओं के अनुरूप घटक तत्त्व होते हैं।

2.131 चित्र में चित्र के घटक तत्त्व ही वस्तुओं का प्रतिनिधित्व करते हैं।

2.14 संघटकों की परस्पर सुनिश्चित संबद्धता से चित्र की निर्मिति होती है।

2.141 चित्र तथ्य होता है।

2.15 चित्र के संघटक परस्पर एक सुनिश्चित ढंग से सम्बन्धित होते हैं, इस तथ्य से द्योतित होता है कि वस्तुएँ भी सुनिश्चित ढंग से सम्बन्धित होती हैं।

चित्र के संघटकों के इस सम्बन्ध को चित्र की संरचना और इस संरचना की सम्भावना को चित्र का चित्रात्मक-आकार कहा जा सकता है।

2.151 चित्रात्मक-आकार वह सम्भावना है जिसमें वस्तुएँ चित्र के संघटकों की भाँति परस्पर सम्बद्ध होती हैं।

2.1511 चित्र यथार्थ से *इसी प्रकार* जुड़ा होता है; वह सीधे यथार्थ तक पहुँचता है।

2.1512 मापक के समान, चित्र यथार्थ का सहगामी होता है।

2.15121 नापी जाने वाली वस्तु को तो वस्तुत: मापक के कोने ही छू पाते हैं।

2.1513 अत:, इस प्रकार से कल्पित चित्र में चित्रात्मक सम्बन्ध भी निहित होता है। यह चित्रात्मक सम्बन्ध ही उसे चित्र बनाता है।

2.1514 चित्र के संघटकों का वस्तुओं के साथ जो अन्योन्य सम्बन्ध होते हैं उन्हीं से चित्रात्मक सम्बन्ध निर्मित होता है।

2.1515 यूँ कहें कि ये अन्योन्य सम्बन्ध चित्र के संघटकों के अनुभावक होते हैं, इन्हीं के द्वारा चित्र यथार्थ का स्पर्श करते हैं।

2.16 वस्तुस्थिति का चित्र होने के लिए चित्र में, और उसके द्वारा चित्रित विषय में अनिवार्यत: कोई साम्य होना चाहिए।

2.161 चित्र, और उसके द्वारा चित्रित विषय में कोई ऐसा साम्य होना चाहिए जिसके कारण उनमें से एक को चित्रित विषय का चित्र कहा जा सके।

2.17 चित्र अपने ढंग से यथार्थ का (सही या गलत) के रूप में चित्रण कर सके इसके लिए चित्र और यथार्थ में चित्रात्मक आकार साझा होना चाहिए।

2.171 चित्र किसी भी ऐसी यथार्थ-स्थिति का चित्रण कर सकता है जिसका आकार उसमें सन्निहित हो।

दैशिक चित्र दैशिक विषय का चित्रण कर सकता है, रंगीन चित्र रंगीन विषय का, आदि-आदि।

2.172 फिर भी चित्र अपने चित्रात्मक आकार का चित्रण नहीं कर सकता : वह मात्र उसको प्रदर्शित करता है।

2.173 चित्र असंपृक्त होकर अपने विषय को निरूपित करता है। (चित्र की दृष्टि उसका प्रातिनिधिक आकार है।) इसी कारण चित्र अपने

विषय को, सही या गलत रूप में, निरूपित करता है।

2.174 परन्तु चित्र अपने प्रतिनिधिक-आकार का अतिक्रमण नहीं कर सकता।

2.18 यथार्थ का सही या गलत किसी भी रूप में चित्रण करने के लिए किसी भी प्रकार के चित्र का यथार्थ के साथ जो साझा होना चाहिए वही तार्किक आकार है, यानी यथार्थ का आकार।

2.181 जिस चित्र का चित्रात्मक आकार ही तार्किक आकार होता है उसे तार्किक चित्र कहते हैं।

2.182 *फिर भी* प्रत्येक चित्र तार्किक चित्र होता है। (दूसरी ओर, उदाहरण के लिए, प्रत्येक चित्र दैशिक चित्र नहीं होता।)

2.19 तार्किक चित्र संसार का चित्रण कर सकते हैं।

2.2 चित्र और उसके द्वारा चित्रित वस्तु में तार्किक व चित्रात्मक आकार साझा होता है।

2.201 चित्र वस्तुस्थितियों के होने या न होने की सम्भावना को निरूपित करके यथार्थ का चित्रण करता है।

2.202 चित्र तर्कसंवेद्य क्षेत्र में किसी सम्भावित स्थिति का निरूपण करता है।

2.203 चित्र में निरूप्यमाण वस्तुस्थिति की सम्भावना निहित होती है।

2.21 चित्र या तो यथार्थ के अनुरूप होता है या उसके प्रतिरूप; वह या तो सही होता है या गलत, या तो सत्य होता है या मिथ्या।

2.22 चित्र यथार्थ की सत्यता एवं मिथ्यात्व से निरपेक्ष होकर, चित्रात्मक-आकार के माध्यम से, यथार्थ का चित्रण करता है।

2.221 चित्र अपने अर्थ का चित्रण करता है।

2.222 यथार्थ के साथ अपने अर्थ के मेल अथवा भेद के कारण चित्र सत्य अथवा असत्य होता है।

2.223 चित्र सत्य है या असत्य, यह जानने के लिए हमें यथार्थ से उसकी तुलना करनी चाहिए।

2.224 केवल चित्र से उसकी सत्यता अथवा असत्यता का आकलन असम्भव है।

2.225 कोई भी चित्र प्रागनुभविक रूप से सत्य या असत्य नहीं होता।

3 विचार तथ्यों का तार्किक चित्र होता है।

3.001 'वस्तुस्थिति कल्पनीय होती है': इसका अर्थ यह है कि हम अपने लिए उसका एक चित्र बना सकते हैं।

3.01 सत्यात्मक विचारों का साकल्य ही संसार का चित्र है।

3.02 विचार में विचारगत वस्तुस्थिति की सम्भावना निहित होती है।

जिस पर विचार किया जा सकता है वह संभाव्य भी होता है।

3.03 अतार्किक विषय पर विचार करना सर्वथा असम्भव है, क्योंकि यदि ऐसा सम्भव होता तो हमें अतार्किक रूप से विचार करना पड़ता।

3.031 ऐसा कहा जाता था कि तर्क के नियमों के विरुद्ध विषयों के अतिरिक्त, ईश्वर किसी भी वस्तु की रचना कर सकता है। —सच तो यह है कि हम *कह* ही नहीं सकते कि 'अतार्किक संसार' कैसा होता होगा?

3.032 जिस प्रकार रेखागणित में दिक् के नियमों के प्रतिकूल आकार का समवर्गों में निरूपण नहीं किया जा सकता, या किसी अस्तित्व-हीन बिन्दु के समवर्ग नहीं दिए जा सकते, उसी प्रकार 'तर्क-प्रतिकूल' विषय की भाषा में अभिव्यक्ति असम्भव है।

3.0321 भौतिकशास्त्रीय नियमों के प्रतिकूल किसी वस्तुस्थिति का तो हम दैशिक निरूपण कर सकते हैं, परन्तु रेखागणित के नियमों के प्रतिकूल वस्तुस्थिति का निरूपण हम नहीं कर सकते।

3.04 यदि कोई विचार प्रागनुभविक रूप से सत्य होता, तो विचार की सम्भावना उसकी सत्यात्मकता को सुनिश्चित करती।

3.05 विचार की सत्यात्मकता का प्रागनुभविक ज्ञान केवल तभी सम्भव है जब अकेले (बिना किसी ऐसे विषय के जिस के साथ उसकी तुलना की जा सके) उस विचार से ही उसकी सत्यात्मकता का ज्ञान हो सके।

3.1 प्रतिज्ञप्ति इन्द्रिय-ग्राह्य विचार को अभिव्यक्त करती है।

3.11 हम किसी सम्भावित वस्तुस्थिति की प्रस्तुति के रूप में प्रतिज्ञप्ति के (मौखिक या लिखित जैसे) प्रत्यक्षगम्य संकेत का प्रयोग करते हैं। प्रतिज्ञप्ति के अर्थ के बारे में सोचना ही प्रस्तुति की पद्धति है।

3.12 जिस संकेत द्वारा हम विचार को अभिव्यक्त करते हैं उसको मैं प्रतिज्ञप्ति-संकेत कहता हूँ और संसार से अपने प्रत्याशित सम्बन्ध के कारण ही प्रतिज्ञप्ति, प्रतिज्ञप्ति-संकेत होती है।

3.13 प्रतिज्ञप्ति में प्रत्येक प्रत्याशित विषय निहित होता है, किन्तु उसके द्वारा अपेक्षित विषय नहीं होता।

इसलिए, यद्यपि प्रतिज्ञप्ति में अपने द्वारा अपेक्षित विषय तो नहीं होता, तो भी उस विषय की सम्भावना उसमें निहित होती है।

इसलिए, प्रतिज्ञप्ति में वस्तुतः उसका अपना अर्थ निहित नहीं होता, किन्तु उसमें अपने अर्थ को अभिव्यक्त करने की सम्भावना निहित होती है।

('प्रतिज्ञप्ति के विषय' से अभिप्राय है सार्थक प्रतिज्ञप्ति का विषय)

प्रतिज्ञप्ति में विषय-वस्तु के बजाय अपने अर्थ का आकार निहित होता है।

3.14 प्रतिज्ञप्ति के घटकतत्त्वों (शब्दों) के परस्पर सुनिश्चित रूप से सम्बन्धित होने से प्रतिज्ञप्ति-संकेत की निर्मिति होती है।
प्रतिज्ञप्ति-संकेत एक तथ्य होता है।

3.141 प्रतिज्ञप्ति शब्दों का घालमेल नहीं होती। (जैसे सुरों के घालमेल से राग नहीं बनता।)
प्रतिज्ञप्ति मुखर होती है।

3.142 केवल तथ्यों में ही अर्थाभिव्यक्ति का सामर्थ्य है, नामपदों के संग्रह में नहीं।

3.143 प्रतिज्ञप्ति-संकेत तथ्य तो होता है परन्तु अभिव्यक्ति का सामान्य लिखित अथवा मुद्रित रूप उसे आवृत्त कर देता है।
क्योंकि, उदाहरणार्थ, एक मुद्रित प्रतिज्ञप्ति में, प्रतिज्ञप्ति-संकेत और शब्द में कोई मौलिक भेद दिखाई नहीं देता।
(इसी कारण फ्रे़गे ने प्रतिज्ञप्ति को संश्लिष्ट नाम कहा है।)

3.1431 लिखित चिह्नों के स्थान पर प्रतिज्ञप्ति-संकेतों को दैशिक वस्तुओं (जैसे कि कुर्सी, मेज़ और पुस्तकें) द्वारा रचित किए जाने की कल्पना करने से प्रतिज्ञप्ति-संकेतों का सार हमें स्पष्ट हो जाता है।
तब इन वस्तुओं का दैशिक विन्यास प्रतिज्ञप्ति के अर्थ को अभिव्यक्त करेगा।

3.1432 यह कहने के स्थान पर कि 'संश्लिष्ट चिह्न' "*aRb*" में *a* और *b* में *R* सम्बन्ध है', हमें यह कहना चाहिए कि 'संश्लिष्ट प्रतीक' *aRb* यह अभिव्यक्त करता है कि "*a*" का "*b*" से एक विशिष्ट सम्बन्ध है।'

3.144 वस्तुस्थितियों का विवरण तो दिया जा सकता है किन्तु उनका *नामकरण* नहीं किया जा सकता।
(नाम बिन्दुओं की तरह होते हैं; प्रतिज्ञप्तियाँ तीरों के समान होती हैं —वे अर्थवान होती हैं।)

3.2 प्रतिज्ञप्ति द्वारा विचार को इस प्रकार अभिव्यक्त किया जा सकता है कि प्रतिज्ञप्ति-चिह्न के अवयव विचार्य वस्तुओं के अनुरूप हों।

3.201 मैं ऐसे अवयवों को 'सरल संकेत' और ऐसी प्रतिज्ञप्ति को 'पूर्णत: विश्लिष्ट' प्रतिज्ञप्ति कहूँगा।

3.202 प्रतिज्ञप्तियों में प्रयुक्त सरल संकेत नाम कहलाते हैं।

3.203 नाम का अभिप्राय है वस्तु। वस्तु नाम का अर्थ होती है। (' A ' का अर्थ है वही चिह्न ' A '।)

3.21 वस्तुस्थिति में वस्तुओं का विन्यास, प्रतिज्ञप्ति-संकेत के घटक सरल संकेतों के विन्यास के अनुरूप होता है।

3.22 प्रतिज्ञप्ति में नाम वस्तु का प्रतिनिधि होता है।

3.221 वस्तुओं का केवल *नामकरण* ही किया जा सकता है। संकेत उनके प्रतीक होते हैं। मैं केवल उनका *उल्लेख* ही कर सकता हूँ : मैं उन्हें *शब्दों में नहीं* कह सकता। प्रतिज्ञप्तियाँ केवल यह बता सकती हैं कि वस्तुस्थितियाँ *कैसी* हैं, न कि यह कि वे *क्या* हैं।

3.23 सरल संकेत सम्भव होने चाहिए का आशय यही अपेक्षा है कि अर्थ सुनिश्चित होना चाहिए।

3.24 संश्लिष्ट विषय-वस्तु से सम्बन्धित प्रतिज्ञप्ति का उसकी संघटक प्रतिज्ञप्तियों से आन्तरिक सम्बन्ध होता है।

संश्लिष्ट विषय-वस्तु का केवल सही या गलत विवरण ही दिया जा सकता है। संश्लिष्ट विषयवस्तु के अभाव में उसका उल्लेख करने वाली प्रतिज्ञप्ति निरर्थक न होकर केवल असत्यात्मक होती है। जब प्रतिज्ञप्ति का कोई घटक किसी संश्लिष्ट विषय-वस्तु को द्योतित करता है तो इस बात का पता उन प्रतिज्ञप्तियों की अनिश्चियात्मकता से चलता है जिनका वह घटक होता है। ऐसी स्थितियों में हम *जानते* हैं कि इस प्रतिज्ञप्ति में कोई अनिश्चितता है। (वस्तुतः सामान्य विषयक संकेतन पद्धति में आद्यप्रारूप *निहित* होता है।)

परिभाषा के द्वारा किसी संश्लिष्ट विषय-वस्तु के प्रतीक के सरल प्रतीक में संक्षेपण को अभिव्यक्त किया जा सकता है।

3.25 प्रतिज्ञप्ति का पूर्ण विश्लेषण मात्र एक ही हो सकता है।

3.251 प्रतिज्ञप्ति जिस विषय को व्यक्त करती है, उसे निश्चयात्मक ढंग से व्यक्त करती है, उस अभिव्यक्ति को स्पष्ट रूप से निर्दिष्ट किया जा सकता है : प्रतिज्ञप्ति मुखर होती है।

3.26 परिभाषा द्वारा किसी नाम का और अधिक विश्लेषण नहीं किया जा सकता : नाम तो आद्य प्रतीक है।

3.261 प्रत्येक परिभाष्यमाण प्रतीक अपनी परिभाषा में प्रयुक्त प्रतीकों *द्वारा* व्यक्त होता है; और परिभाषाएँ उसका दिशा-निर्देश करती हैं।

आद्य प्रतीक और उनके द्वारा परिभाषित प्रतीक—ये दोनों प्रतीक

एक समान ढंग से सार्थक नहीं हो सकते। नाम परिभाषाओं से विश्लेषित नहीं किए जा *सकते*। (न ही स्वतन्त्र और स्वायत्त अर्थ वाले प्रतीक भी।)

3.262 प्रतीक जिसे अभिव्यक्त नहीं कर पाते, वह उनके प्रयोग में प्रकट हो जाता है। प्रतीकों में जो अस्पष्ट रह जाता है, वह उनके प्रयोग में स्पष्ट हो जाता है।

3.263 आद्य प्रतीकों के अर्थ व्याख्याओं द्वारा समझाये जा सकते हैं। व्याख्याएँ ऐसी प्रतिज्ञप्तियाँ होती हैं जिनमें आद्य प्रतीक निहित होते हैं। अत: उन प्रतीकार्थों का ज्ञान होने के बाद ही उन प्रतिज्ञप्तियों को समझा जा सकता है।

3.3 केवल प्रतिज्ञप्तियाँ ही सार्थक होती हैं; किसी प्रतिज्ञप्ति से सम्बद्ध होने पर ही नाम अर्थवान होता है।

3.31 प्रतिज्ञप्ति के किसी भी अर्थाभिलक्षी अंश को मैं अभिव्यक्ति (या प्रतीक) कहता हूँ।

(प्रतिज्ञप्ति अपने आप में एक अभिव्यक्ति है।)

प्रतिज्ञप्तियों का साझा सकल सारभूत अर्थ ही अभिव्यक्ति है।

अभिव्यक्ति आकार एवं विषय की अभिलक्षक होती है।

3.311 अभिव्यक्ति उन सभी प्रतिज्ञप्तियों के आकार की पूर्वकल्पना कर लेती है जिनमें वह घटित हो सकती है। वह प्रतिज्ञप्तियों की जाति का सामान्य अभिलक्षक चिह्न होती है।

3.312 अत: वह अपनी अभिलक्षक प्रतिज्ञप्तियों के सामान्य आकार द्वारा प्रस्तुत की जाती है।

वस्तुत: इस प्रकार अभिव्यक्ति *अचर* (नियत) और शेष सब कुछ *चर* हो जाता है।

3.313 अत: अभिव्यक्ति की प्रस्तुति किसी ऐसे चर द्वारा की जाती है जिसका मूल्य ऐसी प्रतिज्ञप्तियाँ होती हैं जिनमें वह अभिव्यक्ति पाई जाती है।

(सीमांत स्थिति में चर अचर बन जाता है, अभिव्यक्ति प्रतिज्ञप्ति बन जाती है।)

ऐसे चर को मैं 'प्रतिज्ञप्ति-गत चर' कहता हूँ।

3.314 अभिव्यक्ति का अर्थ केवल प्रतिज्ञप्ति में ही होता है। सभी चरों को प्रतिज्ञप्ति-गत चरों के रूप में परिभाषित किया जा सकता है। (नामों के चर को भी।)

3.315 प्रतिज्ञप्ति के किसी संघटक को चर में बदल देने पर प्रतिज्ञप्तियों की एक ऐसी जाति उपस्थित हो जाती है जिसकी समस्त प्रतिज्ञप्तियाँ परिवर्तित प्रतिज्ञप्ति का मूल्य होती हैं। साधारणत: परिवर्तित प्रतिज्ञप्तियों की यह जाति भी हमारी यादृच्छिक परम्पराओं द्वारा मूल प्रतिज्ञप्ति के भागों के प्रदत्त अर्थों पर निर्भर करती है। किन्तु यदृच्छानुसार निर्धारित इसके सभी प्रतीकों को यदि चरों में परिवर्तित कर दिया जाए तो भी हमें इसी प्रकार की जाति उपलब्ध होगी। परन्तु वह किसी परम्परा पर निर्भर न होकर केवल प्रतिज्ञप्ति के स्वरूप पर ही निर्भर होगी। यह स्वरूप तार्किक आकार के अनुरूप होगा—आद्य तार्किक प्रारूप के अनुरूप होगा।

3.316 प्रतिज्ञप्ति-गत चर के सम्भावित मूल्य पूर्वनिर्धारित होते हैं।
मूल्यों का पूर्वनिर्धारण *ही* चर होता है ।

3.317 प्रतिज्ञप्ति-गत चर के मूल्यों का पूर्वनिर्धारण करना *ऐसी प्रतिज्ञप्तियाँ देना है* जिनका सामान्य गुण वह चर है।
ऐसी प्रतिज्ञप्तियों का विवरण ही पूर्वनिर्धारण है।
अत: पूर्वनिर्धारण का सम्बन्ध केवल प्रतीकों से होगा न कि उनके अर्थ से और पूर्वनिर्धारण की अनिवार्य शर्त *केवल* यह है कि *वह प्रतीकों का विवरण मात्र होता है और वह द्योतित विषय-वस्तु के बारे में मौन ही रहता है ।*
प्रतिज्ञप्तियों के विवरण की प्रस्तुति का प्रकार क्या है, यह महत्त्वहीन बात है।

3.318 फ़्रेगे और रसेल के समान मैं भी प्रतिज्ञप्ति को उसमें निहित अभिव्यक्तियों की योग्यता के रूप में परिभाषित करता हूँ।

3.32 प्रतीक के बोध को संकेत कहते हैं।

3.321 अत: दो भिन्न प्रतीकों का कोई एक ही (लिखित अथवा मौखिक इत्यादि) चिह्न हो सकता है —ऐसी स्थिति में वे दोनों प्रतीक भिन्न-भिन्न प्रकार से अर्थ-संकेतन करेंगे।

3.322 भिन्न-भिन्न वस्तुओं को द्योतित करने के उद्देश्य से प्रयुक्त एक ही प्रतीक का भिन्न-भिन्न प्रकार के अर्थों में प्रयुक्त किया जाना कदापि उन दोनों के *किसी लक्षण साम्य* को इंगित नहीं कर सकता। क्योंकि प्रतीक तो होते ही यादृच्छिक हैं। यानी उस एक प्रतीक के स्थान पर दो भिन्न प्रतीकों का चयन किया जा सकता था; पर तब

प्रतीकीकृत विषयों में क्या साम्य रह पायेगा?

3.323 आम भाषा में यह अक्सर देखने को मिलता है कि एक ही शब्द के भिन्न-भिन्न अर्थ होते हैं और इसीलिए उनके प्रतीक भी भिन्न-भिन्न होते हैं — या भिन्नार्थक शब्दों को आपाततः एक जैसी प्रतिज्ञप्तियों में प्रयुक्त किया जाता है।

अतः, 'है' शब्द का प्रयोग संयोजक के रूप में, तादात्म्य के संकेतक के रूप में, तथा अस्तित्व की अभिव्यंजना के लिए किया जाता है; 'अस्ति' का प्रयोग 'गति' के समान अकर्मक क्रिया के रूप में, और 'तादात्म्य' का प्रयोग विशेषण के रूप में किया जाता है; हम *कुछ* के बारे में ही बात नहीं करते, अपितु *कुछ* के होने के बारे में भी बात करते हैं।

('लालबाबू लाल हैं'—इस प्रतिज्ञप्ति में पहला 'लाल' पद व्यक्ति वाचक संज्ञापद, और दूसरा लाल पद विशेषणवाचक पद है - इन शब्दों का केवल अर्थ ही भिन्न नहीं है : वे *भिन्न प्रतीक* भी हैं।)

3.324 सभी मौलिक भ्रान्तियाँ इसी प्रकार आसानी से उत्पन्न होती हैं (समूचा दर्शन उनसे भरा पड़ा है)।

3.325 इस प्रकार की भ्रांतियों से बचने के लिए हमें एक ऐसी प्रतीक-भाषा का प्रयोग करना होगा जो विभिन्न प्रतीकों के लिए एक ही चिह्न का प्रयोग न करती हो और जो सतही तौर पर समानार्थक चिह्नों का प्रयोग न करती हो : यानी एक ऐसी प्रतीक-भाषा जो *तार्किक* व्याकरण द्वारा तार्किक-विन्यास द्वारा अनुशासित हो।

(फ्रे़गे और रसेल द्वारा प्रतिपादित संप्रत्यात्मक संकेतन पद्धति ऐसी ही भाषा है। यह भाषा यद्यपि सही है फिर भी वह इन सभी भ्रान्तियों को दूर नहीं करती।)

3.326 प्रतीक को उसके चिह्न द्वारा पहचानने के लिए हमें यह देखना होगा कि उसका सार्थक प्रयोग किस प्रकार किया गया है।

3.327 तर्कसंगत वाक्य-विन्यास के प्रयोग के बिना चिह्न का तार्किक आकार निर्धारित नहीं होता।

3.328 अनुपयोगी चिह्न *निरर्थक* हो जाता है। ओकम के सिद्धान्त का यही अर्थ है।)

(यदि व्यवहार चिह्न के सार्थक रूप को दर्शाता है तो निश्चय ही वह सार्थक है।)

3.33 तार्किक वाक्य-विन्यास में *प्रतीकार्थ* की कभी कोई भूमिका नहीं

होनी चाहिए। *प्रतीकार्थ* का उल्लेख किए बिना ही तार्किक *वाक्य-विन्यास* की स्थापना सम्भव होनी चाहिए: *केवल* अभिव्यक्तियों के विवरण की ही पूर्वकल्पना की जानी चाहिए।

3.331 इस टिप्पणी के बाद हम रसेल द्वारा प्रतिपादित 'प्रारूपवाद' की ओर चलते हैं। यह तो स्पष्ट है कि रसेल गलत थे, क्योंकि प्रतीकों के प्रयोग करने के नियम बनाते समय उन्हें उनके प्रतीकों के अर्थ का उल्लेख करना पड़ा।

3.332 कोई भी प्रतिज्ञप्ति अपने बारे में कुछ नहीं कह सकती, क्योंकि प्रतिज्ञप्ति-गत चिह्न स्वयं अपने आप में निहित नहीं होता (यही 'प्रारूपवाद' का सर्वस्व है)।

3.333 फ़लन स्वयं अपनी युक्ति नहीं हो सकता; क्योंकि फ़लन के चिह्न में युक्ति का आद्य प्रारूप अंतर्निहित होता है, और वह अपने आप में पूर्ण नहीं होता।

मान लीजिए कि $F(fx)$ यह फ़लन अपनी ही युक्ति है: उस स्थिति में '$F(F(fx))$' एक ऐसी प्रतिज्ञप्ति होगी जिसमें बाह्य फ़लन F और आन्तरिक फ़लन F के अर्थ भिन्न होंगे; क्योंकि आन्तरिक फ़लन का आकार $\phi(fx)$ है और बाह्य फ़लन का आकार $(\psi(\phi(fx))$ है। दोनों फ़लनों में केवल 'F' वर्ण ही साझा है, किन्तु वर्ण का अपने आप में कोई अर्थ नहीं होता।

यह बात '$F(Fu)$' के स्थान पर '$(\exists(\phi):F(\phi u)).\phi u = Fu$' लिखने पर तत्काल सुस्पष्ट हो जाती है।

इससे रसेल का विरोधाभास खारिज हो जाता है।

3.334 चिह्न की सार्थकता ज्ञात होते ही तार्किक वाक्य-विन्यास के नियम स्वतः समाप्त हो जाते हैं।

3.34 प्रतिज्ञप्ति में मौलिक व आगन्तुक दोनों ही तरह के गुण होते हैं। आगुन्तक गुण प्रतिज्ञप्ति चिह्न के विशिष्ट रचना-प्रकार के परिणाम होते हैं। और मौलिक गुण वे हैं जिनके बिना प्रतिज्ञप्ति अपने अर्थ को अभिव्यक्त नहीं कर सकती।

3.341 अतः एक ही अर्थ का प्रतिपादन करने वाली सभी प्रतिज्ञप्तियों में जो सामान्य रूप से पाया जाता है वही प्रतिज्ञप्ति का मौलिक गुण है। इसी तरह, समान उद्देश्य की पूर्ति करने वाले सभी प्रतीकों में जो सामान्य

रूप से पाया जाता है वही साधारणतः प्रतीक का मौलिक गुण है।

3.3411 अतः यह कहा जा सकता है कि वस्तु का संकेत करने वाले सभी प्रतीकों में जो सामान्य रूप से पाया जाता है वही उस वस्तु का नाम होता है। इस प्रकार एक-एक करके सभी प्रकार की संरचनाएँ नाम के लिए अनावश्यक हो जाएँगी।

3.342 यद्यपि हमारी संकेतन-व्यवस्था यादृच्छिक होती है, परन्तु *इतनी बात* यादृच्छिक नहीं है कि *जब* हम किसी एक बात को यादृच्छिक रूप से तय कर लें तो कोई अन्य बात अनिवार्य हो जाती है। (संकेतन-व्यवस्था के *सार* से यह फलित होता है।)

3.3421 संकेतन की कोई एक विशेष विधि महत्त्वहीन हो सकती है फिर भी यह सदैव महत्त्वपूर्ण है कि वह संकेतन की एक *सम्भावित* विधि है। और दर्शनशास्त्र में सामान्यतः ऐसा होता है : कोई एक स्थिति बारंबार महत्त्वहीन पायी जाती है, फिर भी प्रत्येक सम्भावित स्थिति संसार के सार के बारे में कुछ न कुछ अवश्य बताती है।

3.343 परिभाषाएँ एक भाषा से दूसरी भाषा में अनुवाद के नियम हैं। इन नियमों का पालन करके किसी उचित संकेत-भाषा को किसी भी अन्य भाषा में अनूदित किया जा सकता है : *यही* बात है जो सबमें समान रूप से पायी जाती है।

3.344 प्रतीक की सार्थकता सभी प्रतीकों की वह समानधर्मिता है जिसे तार्किक वाक्य-विन्यास के नियमों के प्रयोग द्वारा प्रतिस्थापित किया जा सकता है।

3.3441 उदाहरणार्थ, सत्यता-फ़लनों की सभी संकेतन पद्धतियों में जो साझा है उसे हम निम्नलिखित ढंग से अभिव्यक्त कर सकते हैं : उनमें, उदाहरणार्थ, यह साझा है कि '$\sim p$' ('न-p') और '$p \vee q$' ('p' अथवा 'q') इनका प्रयोग करने वाली संकेतन-पद्धति को उनमें से किसी के स्थान पर भी *प्रतिस्थापित किया जा सकता है।*
(इससे यह समझने में सहायता मिलती है कि किसी विशेष संकेतन-पद्धति की सम्भावना से किसी सामान्य बात का पता कैसे चलता है।)

3.3442 संश्लिष्ट प्रतीक के मनमाने विश्लेषण से यह पता नहीं चलता कि इतर प्रतिज्ञप्तियों में उसके प्रयोग का कोई नियत अर्थ होगा।

3.4 प्रतिज्ञप्ति तार्किक-देश में स्थान का निर्धारण करती है। संघटकों का अस्तित्वमात्र — सार्थक प्रतिज्ञप्ति का अस्तित्वमात्र — ऐसे तार्किक-देश के अस्तित्व की गारंटी है।

3.41 तर्कसंगत निर्देशांकों से युक्त प्रतिज्ञप्ति-गत चिह्न ही तर्कगत क्षेत्र होते हैं।

3.411 रेखागणित और तर्कशास्त्र दोनों में ही स्थान एक तार्किक सम्भावना है: उसमें किसी भी वस्तु का अस्तित्व हो सकता है।

3.42 प्रतिज्ञप्ति तार्किक-देश में केवल एक स्थान ही निर्धारित कर सकती है : फिर भी वह पहले से ही सम्पूर्ण तार्किक-देश के बारे में सूचित करती है।

(अन्यथा निषेध, तार्किक योग, तार्किक गुणनफल, इत्यादि समन्वयन द्वारा नित नए तत्त्व जोड़ देंगे।)

(चित्र के चारों ओर का तर्कसंगत ढाँचा तार्किक-देश का निर्धारण करता है। प्रतिज्ञप्ति का प्रभाव समूचे तार्किक-देश में व्याप्त होता है।)

3.5 सुविचारित एवं सुप्रयुक्त प्रतिज्ञप्तिगत चिह्न ही विचार हैं।

4 विचार सार्थक प्रतिज्ञप्ति ही है।

4.001 प्रतिज्ञप्तियों का साकल्य ही भाषा है।

4.002 जैसे ध्वनियों की उत्पत्ति के मर्म को जाने बिना लोग बोलते हैं, वैसे ही शब्द या शब्दार्थ के मर्म को जाने बिना ही व्यक्ति में सार्थक भाषा-रचना की सामर्थ्य होती है।

आम भाषा मानव-शरीर-रचना का एक भाग है, और वह शरीर-रचना से कम जटिल भी नहीं है।

मानव के लिए भाषा से भाषा के तर्क का मर्म तुरत-फुरत जानना असम्भव है।

भाषा विचार को अवगुण्ठित कर लेती है। यहाँ तक कि उसके बाहर के परिधान के आकार से उसमें छिपे विचार के आकार का अनुमान लगाना असम्भव होता है, क्योंकि बाहरी परिधान का उद्देश्य शरीर को प्रदर्शित करना न होकर, कुछ और है।

आम भाषा की समझ अन्तर्हित परम्पराओं पर निर्भर करती है, वो परम्पराएँ अत्यन्त जटिल होती हैं।

4.003 दर्शन-सम्बन्धी रचनाओं में पाई जाने वाली अधिकतर प्रतिज्ञप्तियाँ और जिज्ञासाएँ असत्य न होकर निरर्थक होती हैं। इसलिए हम इस प्रकार की जिज्ञासाओं का कोई समाधान नहीं दे सकते, अपितु केवल यही बता सकते हैं कि वे निरर्थक हैं। दार्शनिकों की अधिकतर प्रतिज्ञप्तियों और जिज्ञासाओं की उत्पत्ति का कारण उनके द्वारा अपनी भाषा के तर्क को समझने की विफलता है।

(उनकी स्थिति वैसी ही है मानो कोई यह पूछे कि क्या शुभ सुन्दर की तुलना में कमोबेश समरूप है।)
और यह आश्चर्यजनक नहीं है कि गूढ़तम समस्याएँ वस्तुत: समस्याएँ ही *नहीं* होतीं।

4.0031 समस्त दर्शन 'भाषा की समीक्षा' है (यद्यपि मॉथनेर के द्वारा सोचे गए अर्थ में नहीं)। इसका श्रेय रसेल को जाता है जिन्होंने हमें यह बताया कि प्रतिज्ञप्ति का दृश्यमान तार्किक आकार उसका वास्तविक तार्किक आकार नहीं होता।

4.01 प्रतिज्ञप्ति यथार्थता का चित्रण है।
प्रतिज्ञप्ति यथार्थता का हमारे द्वारा कल्पित मॉडल है।

4.011 उदाहरणार्थ, पृष्ठ पर मुद्रित प्रतिज्ञप्ति पहली नज़र में अपनी यथार्थता का चित्र नहीं लगती। वैसे ही जैसे पहली नज़र में न लिखित सुर संगीत-रचना लगते हैं, न ही हमारे ध्वनि-संकेत (वर्णमाला) हमारी बोली भाषा के चित्र लगते हैं।
किन्तु फिर भी ये प्रतीक-भाषाएँ सामान्यत: अपने द्वारा प्रतिनिधित विषय का चित्र सिद्ध होती है।

4.012 यह स्पष्ट है कि 'aRb' के आकार वाली प्रतिज्ञप्ति हमें चित्र जैसी ही लगती है। इसमें प्रतीक नि:संदेह अपने प्रतीयमान अर्थ जैसा ही हैं।

4.013 इस चित्रात्मक गुण के गूढ़ार्थ को जानकर हम समझ जाते हैं कि यह (संगीत संकेतन में ♯ और ♭ के प्रयोग के समान) *प्रतीयमान अनियमितताओं* से विकृत नहीं है।
क्योंकि ये अनियमितताएँ भी अपनी अभिलक्षित विषय-वस्तु को ही अभिव्यक्त करती हैं; केवल उनकी अभिव्यक्ति का ढंग भिन्न है।

4.014 ग्रामोफोन रिकार्ड, संगीतात्मक विचार, लिखित सुर और ध्वनि-तरंगे इनके बीच पारस्परिक अभिव्यक्ति का वही आन्तरिक सम्बन्ध है जो भाषा और संसार में है।
इन सबका निर्माण एक सामान्य तार्किक ढाँचे के अनुसार किया जाता है।
(परी-कथा के दो युवकों, उनके अपने-अपने घोड़ों और उनके लिली फूलों जैसे। एक विशिष्ट अर्थ में वे सब एक ही हैं।)

4.0141 एक साधारण नियम के तहत स्वरलिपि से संगीतज्ञ सिम्फनी पढ़ सकता है, वही नियम ग्रामोफोन रिकार्ड से सिम्फनी के वादन को सम्भव बनाता है, और वही प्रथम नियम दोबारा स्वरलिपि के

पुनर्लेखन को सम्भव बनाता है। इस प्रकार पूरी तरह भिन्न ढंगों से निर्मित दिखाई देने वाली इन विषय-वस्तुओं की आन्तरिक समानताओं का भी यही कारण है। और यह नियम सिम्फनी को स्वरांकन-भाषा में परिवर्तित करने वाला परिवर्तन-सिद्धान्त है। वह स्वरांकन-भाषा को ग्रामोफोन रिकार्डों की भाषा में अनूदित करने का नियम है।

4.015 चित्रात्मक अभिव्यक्ति के समस्त प्रकारों, समस्त बिंब-विधानों की सम्भावना चित्रण के तर्क में निहित होती है।

4.016 प्रतिज्ञप्ति के तात्त्विक स्वरूप को समझने के लिए हमें उस चित्रात्मक लिपि पर विचार करना होगा जो वर्ण्य-विषयों को चित्रित करती है। और इस हेतु हमें वर्णलिपि पर भी विचार करना होगा जो चित्रात्मक लिपि से ही चित्रण के मौलिक रूप को भंग किए बिना विकसित हुई है।

4.02 हमारी इस जानकारी का कारण यह है कि प्रतिज्ञप्तिगत प्रतीक का अर्थ जाने बिना किसी व्याख्या के समझा जा सकता है।

4.021 प्रतिज्ञप्ति यथार्थता का चित्र है : क्योंकि प्रतिज्ञप्ति को समझने पर मैं उसके द्वारा द्योतित परिस्थिति को जान जाता हूँ। और मैं प्रतिज्ञप्ति के अर्थ को बिना किसी व्याख्या के समझ जाता हूँ।

4.022 प्रतिज्ञप्ति अपने अर्थ को *प्रदर्शित* करती है।

यदि प्रतिज्ञप्ति सत्यात्मक हो तो वह वस्तुस्थिति का *प्रदर्शन* करती है। और वह यह *बताती* है कि प्रतिज्ञप्ति और वस्तुस्थिति इस प्रकार सम्बन्धित है।

4.023 प्रतिज्ञप्ति में यथार्थता दो विकल्पों: हाँ और ना में सीमित रहनी चाहिए।

इसके लिए उसे यथार्थता का समग्र विवरण देना चाहिए। प्रतिज्ञप्ति वस्तुस्थितियों का विवरण है। जैसे विवरण किसी वस्तु के बाह्य गुणों का वर्णन करता है, वैसे ही प्रतिज्ञप्ति आन्तरिक गुणों द्वारा यथार्थता का वर्णन करती है। प्रतिज्ञप्ति तार्किक संरचना की सहायता से एक संसार का निर्माण करती है ताकि उस प्रतिज्ञप्ति के सत्यात्मक *होने पर* यह ठीक तरह से जाना जा सके कि तार्किक रूप से वस्तुस्थिति कैसी होगी। असत्यात्मक प्रतिज्ञप्ति से *अनुमान लगाया* जा सकता है।

4.024 प्रतिज्ञप्ति को समझने का अर्थ उसके सत्यात्मक होने पर यह जानने से है कि वस्तुस्थिति कैसी है।

(अतः, बिना यह जाने कि वह सत्यात्मक है या नहीं हम उसे समझ सकते हैं।)

उसके संघटकों को समझने वाला कोई भी व्यक्ति उसे समझ सकता है।

4.025 एक भाषा का किसी दूसरी भाषा में अनुवाद करते समय हम उस भाषा की प्रत्येक *प्रतिज्ञप्ति* का दूसरी भाषा की *प्रतिज्ञप्ति* में अनुवाद करते नहीं जाते, अपितु हम प्रतिज्ञप्तियों के संघटकों का ही अनुवाद करते हैं।

(और शब्दकोश केवल संज्ञापदों का ही अनुवाद नहीं करता अपितु क्रियापदों, विशेषणों और समुच्चयबोधक पदों के भी अनुवाद देता है; और वह इन सभी को एक समान स्थान देता है।)

4.026 सरल प्रतीकों (शब्दों) को समझने के लिए उनके अर्थों की व्याख्या अपेक्षित होती है।

निस्संदेह, यह व्याख्या अपने आप ही समझ आने वाली प्रतिज्ञप्तियों की सहायता से की जाती है।

4.027 प्रतिज्ञप्ति का सारतत्त्व यह है कि उसमें *नवीन* अर्थ को बताने की क्षमता होनी चाहिए।

4.03 प्रतिज्ञप्ति को नवीन अर्थ का संप्रेषण करने के लिए रूढ़ अभिव्यक्तियों का सहारा लेना होगा।

प्रतिज्ञप्ति हमें वस्तुस्थिति का परिचय देती है, अतः उसे वस्तुस्थिति के साथ *अनिवार्यतः* सम्बन्धित होना चाहिए।

और अनिवार्य सम्बन्ध यही है कि वह परिस्थिति का तार्किक चित्र होती है।

प्रतिज्ञप्ति किसी वस्तु का कथन तभी कर सकती है जब वह उसका चित्र हो।

4.031 प्रतिज्ञप्ति में वस्तुस्थिति ऐसी प्रतीत होती है मानो उसका प्रायोगिक रूप में निर्माण हुआ हो।

यह कहने के बजाय कि 'इस प्रतिज्ञप्ति का अमुक अर्थ है' हम केवल इतना कह सकते हैं कि 'यह प्रतिज्ञप्ति अमुक वस्तुस्थिति को निरूपित करती है।'

4.0311 एक नाम किसी एक वस्तु का, और कोई अन्य नाम किसी अन्य वस्तु का प्रतीक होता है, और वे एक दूसरे से संपृक्त हो जाते हैं। इस प्रकार समस्त समूह *एक विराट झाँकी* के समान किसी वस्तुस्थिति का प्रदर्शन करता है।

4.0312 प्रतिज्ञप्तियों की सम्भावना इस सिद्धान्त पर आधारित है कि प्रतीक वस्तुओं के प्रतिनिधि होते हैं।

मेरा मूलभूत विचार यह है कि 'तार्किक अचर' प्रतिनिधि नहीं होते; और यह भी कि तथ्यों के *तर्क* के प्रतिनिधि नहीं हो सकते।

4.032 तार्किक रूप से अभिव्यक्त होने पर ही प्रतिज्ञप्ति वस्तुस्थिति का चित्रण करती है।

('*प्रहार*' यह प्रतिज्ञप्ति भी संश्लिष्ट है : क्योंकि उपसर्ग भेद, तथा धातु और प्रत्यय के बदलने पर इसका अर्थ भी भिन्न हो जाएगा।)

4.04 प्रतिज्ञप्ति में ठीक उतने ही विशिष्ट अवयव होने चाहिए जितने कि उसके द्वारा प्रतिनिहित वस्तुस्थिति में होते हैं।

दोनों में एक जैसी तार्किक (गणितीय) विविधता होनी चाहिए। (हर्टज़ के *यान्त्रिक* गतिक नमूनों से तुलना कीजिए।)

4.041 यह गणितीय विविधता, बेशक अपने आप में चित्र का विषय नहीं हो सकती। चित्रण करते समय इससे अलग नहीं रहा जा सकता।

4.0411 उदाहरणार्थ, यदि हम अब '$(x).fx$' लिखकर जिसको अभिव्यक्त करते हैं उसे 'fx' से पहले कोई प्रत्यय लगाकर जैसे कि 'Gen. fx' लिखकर अभिव्यक्त करना चाहें तो यह अपर्याप्त होगा : हमें यह पता ही नहीं चलेगा कि सामान्यीकरण किसका किया जा रहा है। यह हम ऐसा 'g' प्रत्यय लगाकर जैसे कि '$f(x_g)$' लिखकर करना चाहें तो वह भी पर्याप्त नहीं होगा : ऐसा करने पर हमें सामान्यीकरण चिह्न की व्याप्ति का ज्ञान ही नहीं होगा।

यदि हम युक्ति स्थलों में कोई चिह्न लगाकर ऐसा करने का प्रयास करें — जैसे कि '$(G,G).F(G,G)$' तो यह पर्याप्त नहीं होगा: हम चरों का तादात्म्य सिद्ध नहीं कर पाएँगे। और यथावत।

संकेतन की ये सभी विधियाँ अपर्याप्त हैं क्योंकि इनमें आवश्यक गणितीय विविधता की कमी है।

4.0412 आदर्शवादियों द्वारा 'दैशिक चश्मे' का प्रयोग करके दैशिक सम्बन्धों को देखने वाली व्याख्या इसी कारण अपर्याप्त है, क्योंकि वह इन सम्बन्धों की विविधता की व्याख्या नहीं कर सकता।

4.05 यथार्थता की तुलना प्रतिज्ञप्तियों से की जाती है।

4.06 यथार्थता का चित्र होने के कारण ही प्रतिज्ञप्ति सत्य या असत्य हो सकती है।

4.061 इस बात की अनदेखी नहीं करनी चाहिए कि प्रतिज्ञप्ति का तथ्यों से स्वतन्त्र एक अर्थ होता है : अन्यथा हम आसानी से यह मान लेंगे कि प्रतीकों में और उनके द्वारा बोधित विषयों में सत्यात्मकता और असत्यात्मकता का सम्बन्ध समान स्तर का है।

उदाहरणार्थ, तब हम कह सकते हैं कि जिसको '*p*' सत्यात्मक रूप से सूचित करती है उसी को '~*p*' असत्यात्मक रूप से सूचित करती है, इत्यादि।

4.062 क्या हम असत्यात्मक प्रतिज्ञप्तियों का प्रयोग करके अपनी बात को ठीक उसी प्रकार नहीं समझा सकते जैसे अब तक हमने सत्यात्मक प्रतिज्ञप्तियों के प्रयोग द्वारा किया है? यह जानते हुए भी कि वे असत्यात्मक हैं नहीं! क्योंकि प्रतिज्ञप्ति तभी सत्यात्मक होती है जब हम उसका प्रयोग यह बताने के लिए करते हैं कि विषय-वस्तुओं में एक निश्चित सम्बन्ध है, और वैसा होता भी है; और यदि '*p*' से हमारा तात्पर्य '~*p*' हो, किन्तु वस्तुस्थितियाँ वैसी ही हों जैसी हम समझते हैं, तो नए ढंग से अन्वय किए जाने पर '*p*' सत्यात्मक होगी न कि असत्यात्मक।

4.0621 किन्तु यह महत्त्वपूर्ण है कि '*p*' और '~*p*' ये (दो) प्रतीक एक ही बात को कह सकते हैं। क्योंकि इससे पता चलता है कि वास्तव में '~' प्रतीक के अनुरूप कुछ भी नहीं होता।

(~ ~*p*=*p*) किसी प्रतिज्ञप्ति के इस अर्थ के बोध के लिए उस प्रतिज्ञप्ति में निषेध का होना पर्याप्त नहीं है।

'*p*' और '~*p*' प्रतिज्ञप्तियों का विरोधी अर्थ है, किन्तु दोनों के अनुरूप एक ही यथार्थता है।

4.063 सत्य के प्रत्यय को उदाहरण से समझाने के लिए एक उपमा : सफ़ेद कागज़ पर एक काले धब्बे की कल्पना कीजिए : कागज़ के प्रत्येक भाग को काला या सफ़ेद बताकर आप उस धब्बे के आकार का वर्णन कर सकते हैं। काले भाग के तथ्य के अनुरूप एक भावात्मक तथ्य है, और किसी सफ़ेद बिन्दु (जो काला नहीं है) के तथ्य के अनुरूप एक अभावात्मक तथ्य है। यदि मैं कागज़ पर किसी बिन्दु (फ्रे़गे के अनुसार सत्यात्मक मूल्य) को निर्दिष्ट करता हूँ तो यह निर्णयादि के लिए दी जाने वाली मान्यताओं के अनुरूप होता है।

किसी बिन्दु को काला या सफ़ेद बताने के लिए मुझे पहले से ही ज्ञात होना चाहिए कि उसे कब काला, और कब सफ़ेद कहा जाता है :

'"p" सत्यात्मक है (या असत्यात्मक है)' यह कह सकने के लिए मुझे पहले से ही यह निर्धारित करना होगा कि किन वस्तुस्थितियों में मैं 'p' को सत्य कहूँगा, और ऐसा करते हुए मैं प्रतिज्ञप्ति का अर्थ निर्धारित करता हूँ।

यह उपमा यहीं पर आकर अटक जाती है : काले या सफ़ेद को जाने बिना हम कागज़ पर किसी बिन्दु को निर्दिष्ट कर सकते हैं, किन्तु निरर्थक प्रतिज्ञप्ति के अनुरूप कुछ भी नहीं होता, क्योंकि वह 'सत्यात्मक' या 'असत्यात्मक' गुणों वाली किसी वस्तु (सत्यात्मक-मूल्य) को निर्दिष्ट नहीं करती। प्रतिज्ञप्ति में क्रियापद 'सत्यात्मक है' या 'असत्यात्मक है' पर लागू नहीं होता जैसा कि फ्रे़गे ने सोचा था, अपितु 'सत्यात्मकता' में क्रियापद पहले से ही निहित होना चाहिए।

4.064 प्रत्येक प्रतिज्ञप्ति में *पूर्वनिर्धारित* अर्थ होना चाहिए : सहमति से उसको अर्थ नहीं दिया जा सकता। वस्तुत: वहाँ उस अर्थ की ही तो पुष्टि की जाती है। और निषेध इत्यादि के बारे में भी यही कहा जा सकता है।

4.0641 हम कह सकते हैं कि निषेध का सम्बन्ध निषिद्ध प्रतिज्ञप्ति द्वारा निर्धारित तार्किक देश से होना चाहिए।

निषेधात्मक प्रतिज्ञप्ति निषिद्ध प्रतिज्ञप्ति से *भिन्न* तार्किक देश का निर्धारण करती है।

निषेधात्मक प्रतिज्ञप्ति निषिद्ध प्रतिज्ञप्ति के तार्किक देश की सहायता से अपना तार्किक देश निर्धारित करती है। क्योंकि वह निषिद्ध प्रतिज्ञप्ति के तार्किक देश से बाह्य-रूप में इसका वर्णन करती है।

निषिद्ध प्रतिज्ञप्ति का पुन: निषेध किया जा सकता है और इससे यह पता चलता है कि जिसका निषेध किया गया है वह प्रतिज्ञप्ति की कोई प्रारंभिक अवस्था न होकर पहले से ही (सम्पूर्ण) प्रतिज्ञप्ति है।

4.1 प्रतिज्ञप्तियाँ वस्तुस्थितियों के अस्तित्व या अनस्तित्व का प्रतिनिधित्व करती हैं।

4.11 सत्यात्मक प्रतिज्ञप्तियों का साकल्य ही सम्पूर्ण प्रकृति-विज्ञान (या सम्पूर्ण प्रकृति-विज्ञान का वाङ्मय) है।

4.111 दर्शनशास्त्र कोई प्रकृति-विज्ञान नहीं है।

('दर्शनशास्त्र' शब्द का ऐसा कोई अर्थ होना चाहिए – जो प्रकृति-विज्ञान से या तो ऊँचा हो या फिर नीचा, उसकी बराबरी का तो बिल्कुल नहीं।)

4.112 दर्शनशास्त्र का उद्‌देश्य विचारों की तार्किक स्पष्टता ही है।
दर्शनशास्त्र सक्रियता का नाम है, किन्हीं सिद्धान्तों की पोथी का नहीं।
दार्शनिक कृति का मौलिक कार्य है व्याख्या करना।
दर्शनशास्त्र का कार्य 'दार्शनिक' प्रतिज्ञप्तियों' का निर्माण न होकर प्रतिज्ञप्तियों का स्पष्टीकरण हुआ करता है।
दर्शनशास्त्र के बिना विचार मानो धुँधले और अस्पष्ट होते हैं : दर्शनशास्त्र का उद्‌देश्य विचारों का स्पष्टीकरण एवं उनका सुदृढ़ सीमांकन है।

4.1121 ऐसा नहीं है कि अन्य प्रकृति विज्ञानों की तुलना में मनोविज्ञान का दर्शनशास्त्र से अधिक गहरा सम्बन्ध है।
ज्ञानमीमांसा मनोविज्ञान का दर्शन है।
क्या प्रतीक भाषा-विषयक मेरा अध्ययन उन्हीं विचार प्रक्रियाओं के अध्ययन के अनुरूप नहीं है जिन्हें दार्शनिक तर्कशास्त्र के लिए बहुत आवश्यक मानते थे? बहुधा वे अनावश्यक मनोवैज्ञानिक परीक्षणों में उलझ कर रह गए। मेरी अध्ययन पद्धति के साथ भी इन्हीं खतरों की सम्भावना है।

4.1122 प्रकृति-विज्ञान की किसी अन्य प्राक्कल्पना से अधिक डार्विन के सिद्धान्त का दर्शनशास्त्र से कोई सरोकार नहीं है।

4.113 दर्शनशास्त्र प्रकृति-विज्ञान के अति विवादग्रस्त क्षेत्र की सीमा निर्धारित करता है।

4.114 दर्शनशास्त्र को, विचार का जो विषय हो सकता है उस की सीमा निर्धारित करनी चाहिए, और ऐसा करते हुए उसे इस बात की भी मर्यादा निर्धारित करनी चाहिए कि क्या विचार का विषय नहीं हो सकता।
इस शास्त्र को, जो विचार का विषय हो सकता है को उसकी परिधि से बाहर निकलकर, इस बात की सीमा निर्धारित करनी चाहिए कि विचार का विषय क्या नहीं हो सकता।

4.115 दर्शनशास्त्र जो कथनीय है उसे स्पष्टता के साथ प्रस्तुत करके इस बात का भी संकेत करता है कि अकथनीय क्या है।

4.116 जो कुछ भी सोचा जा सकता है वह स्पष्ट रूप से सोचा जा सकता है। जो भी शब्दों में प्रस्तुत किया जा सकता है वह स्पष्टत: कहा भी जा सकता है।

4.12 प्रतिज्ञप्तियाँ वस्तु-स्थिति का सम्पूर्ण प्रतिनिधित्व कर सकती हैं, किन्तु उन्हें प्रतिनिधित्व के योग्य बनाने वाले तार्किक आकार का वे

प्रतिनिधित्व नहीं कर सकतीं।

तार्किक आकार का प्रतिनिधित्व करने के लिए हमें तर्कशास्त्र के बाहर अर्थात संसार के बाहर, किसी स्थान पर प्रतिज्ञप्तियों के साथ-साथ अपना ठिकाना बनाना होगा।

4.121 प्रतिज्ञप्तियाँ तार्किक आकार का प्रतिनिधित्व नहीं कर सकतीं : यह उनमें प्रतिबिंबित होता है।

भाषा, भाषा में प्रतिबिंबित बिम्ब का प्रतिनिधित्व नहीं कर सकती। जो *स्वयं* भाषा में ही प्रकट होता है उसे *हम* भाषा द्वारा अभिव्यक्त नहीं कर सकते।

प्रतिज्ञप्तियाँ यथार्थता के तार्किक आकार को *प्रकट* करती हैं।

वे उसे प्रदर्शित करती हैं।

4.1211 अतः कोई एक प्रतिज्ञप्ति '*fa*' यह दर्शाती है कि उसके अर्थ में वस्तु *a* का उल्लेख होता है, '*fa*' और '*ga*' ये दो प्रतिज्ञप्तियाँ यह दर्शाती हैं कि उन दोनों में उसी वस्तु का उल्लेख है।

यदि दो प्रतिज्ञप्तियाँ परस्पर विरोधी होती हैं तो यह उनकी संरचना से प्रकट हो जाता है; यही बात उस प्रतिज्ञप्ति पर भी लागू होती है जो किसी अन्य प्रतिज्ञप्ति से निगमित होती है। और यथावत।

4.1212 जिसे प्रदर्शित किया *जा सकता है,* उसका वर्णन *नहीं किया जा सकता।*

4.1213 अब भी हम यह समझते हैं कि सम्यक् संकेत-भाषा की उपस्थिति में तार्किक दृष्टिकोण भी सही होगा।

4.122 एक विशिष्ट अर्थ में हम वस्तुओं और वस्तुस्थितियों के आकारगत गुणों, या तथ्य-सम्बन्धी संरचनात्मक गुणों, के बारे में विचार-विमर्श कर सकते हैं : और उसी अर्थ में आकारगत सम्बन्धों और संरचनात्मक सम्बन्धों के बारे में भी विचार-विमर्श कर सकते हैं।

('संरचनात्मक गुण' के स्थान पर मैं 'आन्तरिक गुण' भी कह सकता हूँ; 'संरचनात्मक सम्बन्ध' के बदले 'आन्तरिक सम्बन्ध' भी कह सकता हूँ।

इन अभिव्यक्तियों की प्रस्तुति का कारण आन्तरिक सम्बन्धों और वास्तविक सम्बन्धों (बाह्य सम्बन्धों) के बारे में दार्शनिकों में प्रचलित भ्रान्तियों के स्रोत को इंगित करना है।)

बेशक, प्रतिज्ञप्तियों के माध्यम से ऐसे आन्तरिक गुणों और सम्बन्धों के अस्तित्व का दावा करना असम्भव है : अपितु, प्रासंगिक वस्तुस्थितियों का प्रतिनिधित्व करने वाली, और प्रासंगिक वस्तुओं

से सम्बन्धित प्रतिज्ञप्तियों में यह अपने आप ही व्यक्त हो जाता है।

4.1221 तथ्य के आन्तरिक गुण को उसका एक लक्षण भी कह सकते हैं (उदाहरणार्थ, उस अर्थ में जिसमें हम मुखाकृति का उल्लेख करते हैं)

4.123 कोई गुण तभी आन्तरिक गुण होता है जब उसके बिना वस्तु की कल्पना करना असम्भव हो।

(नीले रंग की एक छटा और दूसरी छटा में वही आन्तरिक सम्बन्ध है जो हलके और गाढ़े में होता है। इन वस्तुओं में इस सम्बन्ध का न होना अकल्पनीय है।)

(यहाँ पर 'वस्तु' शब्द का प्रयोग, 'गुण' और 'सम्बन्ध' शब्दों के प्रयोग-परिवर्तन के अनुरूप है।)

4.124 संभाव्य स्थिति के आन्तरिक गुण के अस्तित्व को प्रतिज्ञप्ति के माध्यम से अभिव्यक्त नहीं किया जाता : अपितु वह तो स्थिति-द्योतक के आन्तरिक सम्बन्ध द्वारा अपने आप ही अभिव्यक्त हो जाता है।

प्रतिज्ञप्तियों का आकारगत गुण कथन उसके गुणों को नकारने की भाँति निरर्थक है।

4.1241 आकारगत गुण कथन द्वारा आकारभेद करना असम्भव है : क्योंकि इसमें यह पूर्वमान्यता निहित है कि आकारों के गुण होते हैं।

4.125 संभाव्य वस्तुस्थितियों में आन्तरिक सम्बन्ध के अस्तित्व का द्योतन प्रतिज्ञप्तियों के आन्तरिक सम्बन्धों द्वारा भाषा में अपने-आप अभिव्यक्त होता है।

4.1251 'क्या सभी सम्बन्ध आन्तरिक होते हैं या बाह्य' इस जटिल प्रश्न का उत्तर अब हमें मिल गया है।

4.1252 क्रमबद्ध शृंखला को मैं आन्तरिक सम्बन्धों से बनी आकारों की शृंखला कहता हूँ।

अंक-शृंखला का क्रम बाह्य सम्बन्ध द्वारा नहीं, अपितु आन्तरिक सम्बन्ध द्वारा नियन्त्रित होता है।

यही बात प्रतिज्ञप्तियों की इस शृंखला पर भी लागू होती है।

$$\text{`}\, aRb \,\text{'}$$

$$\text{`}\, (\exists x) : aRx \,.\, xRb \,\text{'}$$

$$\text{`}\, (\exists x, y) : aRx \,.\, xRy \,.\, yRb \,\text{'}$$

और यथावत।

(यदि b का a से इनमें से कोई एक सम्बन्ध हो तो मैं b को a का उत्तरवर्ती कहूँगा।)

4.126 अब हम आकार-गत गुणों की भाँति आकार-गत प्रत्ययों के बारे में भी विचार-विमर्श कर सकते हैं।

(मेरा उद्देश्य इन अभिव्यक्तियों के माध्यम से पारम्परिक तर्कशास्त्र में व्याप्त आकारगत प्रत्ययों और वास्तविक प्रत्ययों सम्बन्धी सम्पूर्ण भ्रांतियों के स्रोत को प्रदर्शित करना है।)

आकारगत प्रत्यय के अन्तर्गत आने वाली किसी वस्तु को प्रतिज्ञप्ति द्वारा अभिव्यक्त नहीं किया जा सकता। अपितु उसे स्वयं उस वस्तु के चिह्न द्वारा ही अभिव्यक्त किया जा सकता है। (नाम दर्शाता है कि वह किसी वस्तु का द्योतन करता है, संख्या का प्रतीक यह दर्शाता है कि वह किसी संख्या का द्योतन करता है, इत्यादि)

वस्तुतः आकारगत प्रत्ययों को किसी फ़लनक द्वारा निरूपित नहीं किया जा सकता, जबकि उससे वास्तविक प्रत्ययों को निरूपित किया जा सकता है।

अपने लक्षणों के कारण आकारगत गुणों को फ़लनकों के माध्यम से अभिव्यक्त नहीं किया जा सकता।

आकारगत गुण की अभिव्यक्ति कुछ प्रतीकों की विशेषता होती है।

अतः, आकारगत प्रत्यय के लक्षणों के चिह्न की विशिष्टता यह है कि वह उन सभी प्रतीकों का चिह्न होता है जिनके अर्थ उस प्रत्यय के अन्तर्गत आते हैं।

अतः, आकारगत प्रत्यय की अभिव्यक्ति ऐसे प्रतिज्ञप्ति-गत चर से होती है जिसमें केवल यह विशिष्ट लक्षण ही अचर होता है।

4.127 प्रतिज्ञप्ति-गत चर आकारगत प्रत्यय का द्योतन करता है, और उसके मूल्य उस प्रत्यय के अन्तर्गत आने वाली वस्तुओं को द्योतित करते हैं।

4.1271 प्रत्येक चर आकारगत प्रत्यय का चिह्न होता है।

क्योंकि प्रत्येक चर अपने सभी अचर आकार वाले मूल्यों का प्रतिनिधित्व करता है, और इसे उन मूल्यों का आकारगत गुण कहा जा सकता है।

4.1272 अतः, *वस्तु* के छद्म-प्रत्यय का 'x' नाम समुचित अचर चिह्न है। जब भी 'वस्तु' ('पदार्थ' इत्यादि) का सही प्रयोग किया जाता है तो ऐसा चर नाम द्वारा प्रत्ययात्मक संकेतन-पद्धति के माध्यम से किया जाता है।

उदाहरणार्थ, 'ऐसी दो वस्तुएँ हैं जो . . .' यह प्रतिज्ञप्ति '$(\exists x, y)$ . . .' द्वारा अभिव्यक्त की जाती हैं।

उसे किसी भिन्न प्रकार से प्रयुक्त किये जाने पर उसका परिणाम निरर्थक छद्म-प्रतिज्ञप्तियाँ होती हैं, उदाहणार्थ, समीचीन प्रत्यय-शब्द के रूप में हैं।

इसलिए, उदाहरण के तौर पर हम यह नहीं कह सकते कि 'वस्तुओं का अस्तित्व है' जबकि हम कह सकते हैं कि 'पुस्तकों का अस्तित्व' है। और यह कहना भी असम्भव है कि '100 वस्तुएँ हैं', या फिर $\aleph_0$ वस्तुएँ हैं।' और *वस्तुओं की सम्पूर्ण संख्या* का उल्लेख करना भी निरर्थक है।

यही बात 'संश्लिष्ट', 'तथ्य', 'फ़लनक', 'अंक', इत्यादि पर भी लागू होती है।

वे सब आकारगत प्रत्ययों का द्योतन करते हैं, और उनका प्रतिनिधित्व प्रत्ययात्मक संकेतन-पद्धति में चरों के माध्यम से, न कि (जैसी कि फ्रेग़े और रसेल की मान्यता थी) फ़लनकों या संवर्गों के माध्यम से होता है।

'1 अंक है', 'शून्य केवल एक है' और ऐसी अभिव्यक्तियाँ निरर्थक होती हैं।

(केवल एक (संख्यात्मक) 1 होता है, यह कहना भी उतना ही निरर्थक होता है जितना कि 'तीन बजे' 2+2, 4 होते हैं'।)

4.12721 आकारगत प्रत्यय के अन्तर्गत आने वाली वस्तु के दृष्टिगोचर होते ही आकारगत प्रत्यय का भी पता चल जाता है। इसलिए प्रत्ययों और तद्विषयक वस्तुओं को प्रारंभिक विचार के रूप में एक साथ प्रस्तुत करना असम्भव है। अतः, फ़लनक के प्रत्यय को और किन्हीं विशिष्ट फ़लनकों को; या अंक के प्रत्यय को और किन्हीं अंकों को, एक साथ प्रारम्भिक प्रत्यय के रूप में प्रस्तुत करना असम्भव है। जैसा कि रसेल ने किया है।

4.1273 यदि हम 'b, a का उत्तरवर्ती है' इस सामान्य प्रतिज्ञप्ति को प्रत्यात्मक संकेतन-पद्धति में अभिव्यक्त करना चाहें तो हमें

$$aRb$$

$$(\exists x) : aRx \,.\, xRb$$

$$(\exists x, y) : aRx \,.\, xRy \,.\, yRb$$

. . . .

इस आकार-शृंखला लिए सामान्य पद की अभिव्यक्ति की आवश्यकता होगी।

आकारों की शृंखला के सामान्य पद की अभिव्यक्ति के लिए हमें चरों का प्रयोग करना होगा; क्योंकि 'आकारों की उस शृंखला का पद' यह प्रत्यय एक *आकारगत* प्रत्यय है। (फ्रेगे और रसेल ने इस बात की अनदेखी कर दी : फलस्वरूप, उपर्युक्त उदाहरण की भांति, वे सामान्य प्रतिज्ञप्ति को अभिव्यक्त करना चाहते हैं पर उनकी यह इच्छा गलत है; वह दुश्चक्र है।)

किसी शृंखला के प्रथम पद और उसके उत्तरवर्ती पद का निर्धारण करने वाली प्रतिज्ञप्ति-प्रक्रिया के प्रथम पद और उसके सामान्य आकार के द्वारा हम आकारों की शृंखला के सामान्य पद का निर्धारण कर सकते हैं।

4.1274 आकारगत प्रत्यय के बारे में अस्तित्व विषयक प्रश्न पूछना ही निरर्थक है। क्योंकि ऐसे प्रश्न का उत्तर कोई प्रतिज्ञप्ति नहीं हो सकती। (अतः, 'क्या ऐसी उद्देश्यात्मक-विधेयात्मक प्रतिज्ञप्तियाँ होती हैं जिनका विश्लेषण नहीं किया जा सकता?' उदाहरणार्थ, यह प्रश्न पूछा ही नहीं जा सकता।)

4.128 तार्किक आकारों की संख्या *नहीं* होती।

इसलिए तर्कशास्त्र में परात्पर संख्याएँ नहीं होतीं और इसलिए दार्शनिक अद्वैतवाद या द्वैतवाद आदि की कोई सम्भावना नहीं है।

4.2 प्रतिज्ञप्ति का अर्थ वस्तुस्थितियों के अस्तित्व या अनस्तित्व की सम्भावना से सहमति या असहमति ही है।

4.21 सबसे सरल प्रतिज्ञप्ति, प्राथमिक प्रतिज्ञप्ति, वस्तुस्थितियों के अस्तित्व का दावा करती है।

4.211 प्राथमिक प्रतिज्ञप्ति की यह पहचान है कि उसका व्याघात करने वाली कोई अन्य प्राथमिक प्रतिज्ञप्ति नहीं होती।

4.22 प्राथमिक प्रतिज्ञप्ति की रचना नामों से होती है। वह नामों का समुच्चय, एक संगठन होती है।

4.221 यह तो स्पष्ट ही है कि प्रतिज्ञप्तियों का विश्लेषण हमें अनिवार्यतः उन तात्त्विक प्रतिज्ञप्तियों पर ले आता है जो नामों के प्रत्यक्ष समुच्चय से निष्पन्न होती हों।

यहाँ यह प्रश्न उपस्थापित होता है कि ऐसे समुच्चयों से प्रतिज्ञप्तियाँ किस प्रकार बन सकती हैं।

4.2211 संसार चाहे जितना भी संश्लिष्ट क्यों न हो, प्रत्येक तथ्य अनन्त वस्तुस्थितियों से युक्त होगा, और प्रत्येक वस्तुस्थिति का निर्माण अनन्त वस्तुओं से होगा, फिर भी संसार में वस्तुएँ और वस्तुस्थितियों तो बनी ही रहेंगी।

4.23 तात्त्विक प्रतिज्ञप्ति के संगठन में ही नाम पाया जाता है।

4.24 नाम सरल प्रतीक होते हैं: मैं उन्हें एकाकी अक्षरों ('x','y','z') द्वारा इंगित करता हूँ।

प्राथमिक प्रतिज्ञप्तियों को मैं नाम फ़लनकों के रूप में लिखता हूँ ताकि 'fx', '$\phi(x, y)$' इत्यादि उनके आकार हों।

या प्राथमिक प्रतिज्ञप्तियों को मैं 'p', 'q', 'r' वर्णों द्वारा इंगित करता हूँ।

4.241 दो चिह्नों के एकार्थक प्रयोग को मैं उन चिह्नों के बीच '$=$' का चिह्न लगाकर अभिव्यक्त करता हूँ।

अतः, '$a = b$' का अर्थ है कि 'a' चिह्न को 'b' चिह्न से प्रतिस्थापित किया जा सकता है।

(जब मैं किसी नए चिह्न 'b' की प्रस्तुति किसी पूर्वपरिचित चिह्न 'a' को प्रतिस्थापित करने के रूप में करता हूँ तब मैं रसेल की तरह समीकरण–परिभाषा को '$a = b$ Def.' के आकार में लिखता हूँ। परिभाषा का सम्बन्ध तो चिह्न सम्बन्धी नियम से है।)

4.242 अतः, '$a = b$' आकार वाली अभिव्यक्तियाँ निरूपण के साधन मात्र होती हैं। वे 'a' और 'b' चिह्नों के अर्थ के बारे में कुछ नहीं कहतीं।

4.243 बिना यह जाने कि दो नाम एक या अनेक वस्तुओं का द्योतन करने वाले हैं, क्या हम उन नामों को जान सकते हैं? – बिना यह जाने कि किसी प्रतिज्ञप्ति में दो नामों का अर्थ एक ही है या अलग-अलग, क्या हम उस प्रतिज्ञप्ति को समझ सकते हैं?

मान लीजिए कि मैं एक समानार्थक अँग्रेज़ी और जर्मन शब्द के अर्थ को जानता हूँ: तो उनकी समानार्थकता को न जानना मेरे लिए असम्भव है; मुझमें उनके पारस्परिक अनुवाद का सामर्थ्य अनिवार्यतः होना चाहिए।

'$a = a$' जैसी और उनसे निष्पन्न प्रतिज्ञप्तियाँ न तो प्राथमिक प्रतिज्ञप्तियाँ होती हैं, न ही वे किसी अन्य ढंग से सार्थक होती हैं। (यह आगे चलकर स्पष्ट हो जाएगा।)

4.25 प्राथमिक प्रतिज्ञप्तियों के सत्यात्मक होने पर तद्विषयक वस्तुस्थितियों

का भी अस्तित्व होता है; प्राथमिक प्रतिज्ञप्तियों के असत्यात्मक होने पर तद्विषयक वस्तुस्थितियों का भी अस्तित्व नहीं होता।

4.26 सभी सत्यात्मक प्राथमिक प्रतिज्ञप्तियों की उपलब्धता से संसार का पूर्ण विवरण मिल जाता है। सभी प्राथमिक प्रतिज्ञप्तियों के सत्यात्मक एवं असत्यात्मक होने से संसार का समग्र वर्णन हो जाता है।

4.27 वस्तुस्थितियों की n संख्या होने पर उनके अस्तित्व या अनस्तित्व

$K_n = \sum_{v=0}^{n} \binom{n}{v}$ की सम्भावनाएँ होती हैं।

इन वस्तुस्थितियों के किसी एक समुच्चय का तो अस्तित्व हो सकता है, अवशिष्ट समुच्चयों का नहीं।

4.28 प्राथमिक प्रतिज्ञप्तियों की n संख्या के लिए इन सत्यात्मक - और असत्यात्मक - समुच्चयों की संख्या बराबर होती है।

4.3 प्राथमिक प्रतिज्ञप्तियों की सत्यात्मक सम्भावनाओं का अर्थ है वस्तुस्थितियों के अस्तित्व और अनस्तित्व की सम्भावनाएँ।

4.31 निम्नलिखित आकृतिगणों द्वारा हम सत्यात्मक सम्भावनाओं का प्रदर्शन कर सकते हैं ('T' का अर्थ है 'सत्यात्मक', 'F' का अर्थ है 'असत्यात्मक', प्राथमिक प्रतिज्ञप्तियों के नीचे दी गई 'T' और 'F' की पंक्तियाँ उन तात्त्विक प्रतिज्ञप्तियों की सत्यात्मक सम्भावनाओं के सरलता से समझे जा सकने वाले प्रतीक हैं।)

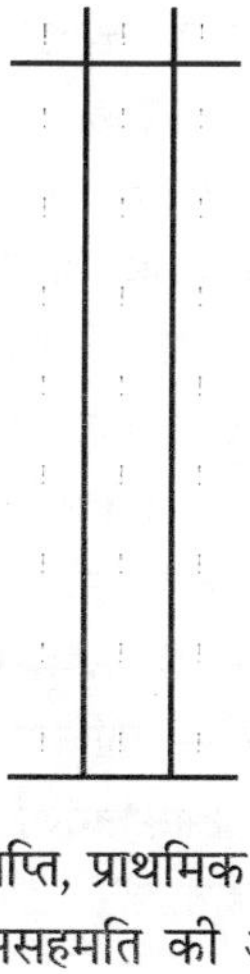

p	q
T	T
F	T
T	F
F	F

p
T
F

4.4 प्रतिज्ञप्ति, प्राथमिक प्रतिज्ञप्ति की सत्यात्मक सम्भावनाओं से सहमति या असहमति की अभिव्यक्ति है।

4.41 प्राथमिक प्रतिज्ञप्ति की सत्यात्मक सम्भावनाएँ प्रतिज्ञप्ति की सत्यात्मकता या असत्यात्मकता की शर्तें हैं।

4.411 यकायक हमें प्राथमिक प्रतिज्ञप्तियों की जानकारी अन्य प्रकार की प्रतिज्ञप्तियों को समझने का आधार प्रतीत होने लगती हैं। वस्तुतः स्थिति यह है कि सामान्य प्रतिज्ञप्तियों की समझ *स्पष्ट रूप* से प्राथमिक प्रतिज्ञप्तियों की समझ पर निर्भर करती है।

4.42 प्राथमिक प्रतिज्ञप्तियों की n संख्या की सत्यात्मकता-सम्भावनाओं के अनुरूप या प्रतिरूप होने के बारे में जानने की विधि है :

$$\sum_{k=0}^{K_n} \binom{K_n}{k} = L_n$$

4.43 सत्यात्मक सम्भावनाओं के आकृतिगणों के सामने 'T' (सत्य) चिह्न लगाकर हम उनसे अपनी सहमति अभिव्यक्त कर सकते हैं। इस चिह्न के न होने का अर्थ है असहमति।

4.431 प्राथमिक प्रतिज्ञप्तियों की सत्यात्मक सम्भावनाओं से सहमति या असहमति की अभिव्यक्ति प्रतिज्ञप्ति की सत्यात्मक शर्तों को अभिव्यक्त करती है।

प्रतिज्ञप्ति अपनी सत्यात्मक शर्तों की अभिव्यक्ति है।

(इसलिए, फ्रेगे द्वारा अपनी प्रत्यात्मक संकेतन-पद्धति के चिह्नों की व्याख्या के प्रारम्भ में इन सत्यात्मक शर्तों का प्रयोग बिल्कुल ठीक था। किन्तु फ्रेगे की सत्य-प्रत्यय की व्याख्या गलत है : यदि 'सत्य' और 'असत्य' वस्तुतः वस्तु-विषय होते और वे '$\sim p$' इत्यादि में युक्तियाँ होते, तो फ्रेगे द्वारा प्रतिपादित अर्थ-निर्धारण की विधि से '$\sim p$' का अर्थ बिल्कुल निर्धारित नहीं हो पाता।)

4.44 सत्यात्मक सम्भावनाओं के साथ 'T' चिह्न के संयोग से जो चिह्न बनता है उसे प्रतिज्ञप्ति-गत चिह्न कहते हैं।

4.441 निस्संदेह, जैसे आड़ी और तिरछी पंक्तियों या कोष्ठकों के अनुरूप कोई वस्तु (या वस्तुओं का समिश्र) नहीं होती वैसे ही 'F' और 'T' इन चिह्नों के सम्मिश्रण के अनुरूप भी कोई वस्तु (या वस्तुओं का समिश्र) नहीं होती—'तार्किक वस्तुऐं' नहीं होतीं। बेशक यही बात 'T' और 'F' आकृतिगणों के चिह्नों से अभिव्यक्त विषय-वस्तुओं पर भी लागू होती है।

4.442 उदाहरणार्थ, निम्नलिखित एक प्रतिज्ञप्ति-गत चिह्न है :

'p	q	'
T	T	T
F	T	T
T	F	
F	F	T

(फ्रे़गे का 'जजमॅन्ट-स्ट्रोक' '।-' तार्किक रूप से पूर्णतः निरर्थक है : फ्रे़गे (और रसेल) की रचनाओं में इस चिह्न का प्रयोग केवल यह इंगित करता है कि वे इस चिह्न से युक्त प्रतिज्ञप्तियों को सत्यात्मक मानते हैं। अतः '।-' यह चिह्न प्रतिज्ञप्ति की संख्या जैसे उदाहरण के समान प्रतिज्ञप्ति का अंश नहीं है। प्रतिज्ञप्ति का स्वकीय सत्यात्मक निरूपण नितान्त असम्भव है।)

यदि किसी समुच्चय-नियम द्वारा आकृतिगण की सत्यात्मक सम्भावनाओं को पूर्णतः क्रमबद्ध किया जाए तो अन्तिम कॉलम स्वयं ही सत्यात्मक शर्तों को अभिव्यक्त करेगा। इस कॉलम को पंक्ति के रूप में लिखने पर प्रतिज्ञप्ति-गत चिह्न ऐसा होगा।

$$"(TT-T)(p, q)"$$

या इससे अधिक स्पष्ट रूप से

$$"(TTFT)(p, q)"$$

(बाँये कोष्ठकों में स्थानों की संख्या, दाँये कोष्ठकों में दिए गए पदों की संख्या द्वारा निर्धारित होती है।)

4.45 प्राथमिक प्रतिज्ञप्तियों की n संख्या के लिए संख्या L_n सत्यात्मक-शर्तों का सम्भावित समूह होती है।

उन सत्यात्मक शर्तों के समूहों को श्रृंखलाबद्ध किया जा सकता है जो किन्हीं प्राथमिक प्रतिज्ञप्तियों की सत्यात्मक सम्भावनाओं से प्राप्त होते हैं।

4.46 सत्यात्मक शर्तों के सम्भावित समूहों में दो चरम परिस्थितियाँ होती हैं।

इनमें से एक स्थिति ऐसी होती है जो प्राथमिक प्रतिज्ञप्तियों की सभी सत्यात्मक सम्भावनाओं में सत्यात्मक होती है। इस स्थिति में

हम कहते हैं कि सत्यात्मक शर्तें *पुनरुक्ति* हैं।
दूसरी स्थिति में सभी सत्यात्मक सम्भावनाओं में प्रतिज्ञप्ति असत्यात्मक होती है : इस प्रकार की सत्यात्मक शर्तें *व्याघाती* होती हैं।
पहली स्थिति में हम प्रतिज्ञप्ति को पुनरुक्ति कहते हैं; दूसरी स्थिति में व्याघाती।

4.461 प्रतिज्ञप्तियाँ अपने कथन का प्रदर्शन करती हैं: पुनरुक्तियाँ और व्याघाती प्रतिज्ञप्तियाँ यह दर्शाती हैं कि वे कुछ नहीं कहतीं।
सत्यात्मक शर्तों के अभाव के कारण पुनरुक्ति बिना शर्त के सत्यात्मक होती है; और व्याघाती प्रतिज्ञप्ति कभी भी सत्यात्मक नहीं होती।
पुनरुक्ति और व्याघाती प्रतिज्ञप्तियाँ निरर्थक होती हैं।
(उस बिन्दु के समान जहाँ परस्पर विरुद्ध दिशाओं में जाने वाले तीर हों।)
(उदाहरणार्थ, यह जानकारी कि वर्षा हो रही है या नहीं हो रही, मुझे मौसम की जानकारी नहीं देती।)

4.4611 फिर भी पुनरुक्ति और व्याघाती प्रतिज्ञप्तियाँ निरर्थक नहीं होतीं। वे गणित में '0' के समान प्रतीक-विधान के भाग हैं।

4.462 पुनरुक्तियाँ और व्याघाती प्रतिज्ञप्तियाँ यथार्थता के चित्र नहीं होतीं। वे किसी संभाव्य स्थिति का द्योतन नहीं करतीं। क्योंकि पुनरुक्ति *सभी* संभाव्य स्थितियों को स्वीकार करती है, जबकि व्याघाती प्रतिज्ञप्ति *किसी भी* संभाव्य स्थिति को स्वीकार *नहीं* करती।
पुनरुक्ति में संसार से सहमति की शर्तें — सादृश्यमूलक सम्बन्ध - एक दूसरे को रद्द कर देती हैं, इसी कारण उसका यथार्थता से सादृश्यमूलक सम्बन्ध नहीं होता।

4.463 प्रतिज्ञप्ति की सत्यात्मक शर्तों से तथ्यों के सीमा-क्षेत्र का निर्धारण होता है।
(प्रतिज्ञप्ति, चित्र या मॉडल अपने निषेधात्मक अर्थों में उस ठोस वस्तु के समान होते हैं जो दूसरों की सक्रियता में बाधक है, और अपने सकारात्मक अर्थों में ठोस पदार्थ से आवृत्त उस क्षेत्र के समान है जिसमें वस्तुओं के लिए स्थान होता है।)
पुनरुक्ति वस्तु-स्थिति के लिए सम्पूर्ण 'अनन्त' तार्किक देश के लिए अवकाश प्रदान करती है : व्याघाती प्रतिज्ञप्ति यथार्थता के लिए कोई भी स्थान छोड़े बिना सम्पूर्ण तार्किक देश को भर देती है। अतः, इन दोनों में से कोई भी यथार्थता का निर्धारण करने में समर्थ

नहीं है।

4.464 पुनरुक्ति की सत्यात्मकता सुनिश्चित है, प्रतिज्ञप्ति की सत्यात्मकता सम्भावित है, व्याघाती की सत्यात्मकता असम्भव है।

(सुनिश्चित, संभाव्य, असम्भवः यहाँ हमें प्रसम्भाव्यता-मीमांसा में प्रयोग किए जाने वाले मापदंड का प्रथम संकेत मिलता है।)

4.465 पुनरुक्ति और प्रतिज्ञप्ति का तार्किक गुणनफल, प्रतिज्ञप्ति की प्रतिध्वनि ही है। इसलिए इस गुणनफल का प्रतिज्ञप्ति से तादात्म्य होता है। क्योंकि अर्थ-परिवर्तन के बिना किसी प्रतीक के आवश्यक गुण को परिवर्तित करना असम्भव है।

4.466 संकेतों के सुनिश्चित तार्किक समुच्चय के अनुरूप उनके अर्थों के भी सुनिश्चित तार्किक समुच्चय होते हैं। केवल वियुक्त संकेतों के अनुरूप *कोई भी* समुच्चय हो सकता है।

दूसरे शब्दों में, प्रत्येक परिस्थिति में सत्यात्मक होने वाली प्रतिज्ञप्तियाँ, चिह्नों के समुच्चय नहीं हो सकतीं, क्योंकि उस स्थिति में उसके अनुरूप वस्तुओं के सुनिश्चित समुच्चय ही उनके अनुरूप होते।

(और जो तार्किक समुच्चय नहीं है उसके अनुरूप वस्तुओं का समुच्यय *नहीं* होता।)

पुनरुक्ति और व्याघाती प्रतिज्ञप्तियों के संकेतों के समुच्चयों की अवच्छेदक स्थितियाँ — वस्तुतः उनका विघटन होती हैं।

4.4661 यह तो सर्वमान्य है कि पुनरुक्तियों और व्याघाती प्रतिज्ञप्तियों में भी संकेत परस्पर संयोजित होते हैं — यानी, उनमें परस्पर एक विशिष्ट सम्बन्ध होता है : किन्तु इन सम्बन्धों का कोई अर्थ नहीं होता, *प्रतीक* के लिए ये सम्बन्ध आवश्यक नहीं होते।

4.5 अति सामान्य प्रतिज्ञप्ति-गत आकार का दिया जाना अब सम्भव लगता है : अर्थात *किसी भी* संकेत-भाषा की किसी भी प्रतिज्ञप्ति को इस ढंग से वर्णित किया जा सकता है जिसमें प्रत्येक सम्भावित अर्थ को उसके वर्ण्य-प्रतीक द्वारा अभिव्यक्त किया जा सकता है, और नामों के सम्यक्-अर्थ-चयन की स्थिति में प्रत्येक वर्ण्य-प्रतीक, अर्थ को अभिव्यक्त कर सकता है।

यह तो स्पष्ट है कि विवरण में सर्वाधिक सामान्य प्रतिज्ञप्ति-गत आकार के अनिवार्य तत्त्व को *ही* सम्मिलित किया जाए — अन्यथा वह सर्वाधिक सामान्य आकार नहीं होगा।

सामान्य प्रतिज्ञप्ति-गत आकार की सिद्धि इस तथ्य से होती है कि

ऐसी कोई भी प्रतिज्ञप्ति नहीं हो सकती जिसके आकार का पूर्वज्ञान न हो सके। अर्थात जिसकी संरचना न हो सके। प्रतिज्ञप्ति का सामान्य आकार है: वस्तुस्थिति यह है।

4.51 मान लीजिए कि मुझे *सभी* प्राथमिक प्रतिज्ञप्तियाँ प्रदत्त हैं: तो मैं सहज ही यह पूछ सकता हूँ कि मैं उनसे कौन-सी प्रतिज्ञप्तियाँ संरचित कर सकता हूँ। और इससे मुझे *सभी* प्रतिज्ञप्तियों का पता चल जाता है और *इससे* उनकी सीमा का निर्धारण हो जाता है।

4.52 सभी प्राथमिक प्रतिज्ञप्तियों के साकल्य से जो कुछ भी निगमित होता है उससे प्रतिज्ञप्तियों का निर्माण होता है (और निस्संदेह उन *सबका* इसके *समुच्चय* होने से)। (इस प्रकार, एक तरह से यह कहा जा सकता है कि सभी प्रतिज्ञप्तियाँ प्राथमिक प्रतिज्ञप्तियों का सामान्यीकरण हैं।)

4.53 सामान्य प्रतिज्ञप्तिगत आकार चर होता है।

5 प्रतिज्ञप्ति, प्राथमिक प्रतिज्ञप्तियों की सत्यात्मक-फ़लनक होती है। (प्राथमिक प्रतिज्ञप्ति स्वयं अपनी ही सत्यात्मक फ़लनक होती है।)

5.01 प्राथमिक प्रतिज्ञप्तियाँ, प्रतिज्ञप्तियों की सत्यात्मक-युक्तियाँ होती हैं।

5.02 फ़लनक-युक्तियों को नाम सम्बन्धी प्रत्यय समझने की भूल आसानी से हो सकती है। क्योंकि युक्तियाँ एवं प्रत्यय दोनों ही संकेतार्थ को समझने में मेरी सहायता करते हैं।

उदाहरणार्थ जब रसेल '$+_c$' लिखते हैं तो इस प्रतीक में 'c' एक ऐसा प्रत्यय संकेत है जो सम्पूर्ण मूल संकेत गणन-संख्याओं के योग-संकेत को द्योतित करता है। किन्तु इसका प्रयोग मनमानी परंपरा का परिणाम है, और '$+_c$' संकेत के बदले किसी भी सरल संकेत का भी सुगमता से चयन किया जा सकता है; निस्संदेह '$\sim p$' में 'p' कोई प्रत्यय संकेत न होकर, एक युक्ति है : '$\sim p$' के अर्थ की पूर्ण जानकारी के बिना '$\sim p$' के अर्थ को समझा नहीं जा सकता। (जुलियस सीज़र इस नाम में 'जुलियस' एक प्रत्यय संकेत है। जिस वस्तु के नाम के साथ हम प्रत्यय संकेत को जोड़ते हैं वह सदैव उस वस्तु के विवरण का भाग होता है : उदाहरणार्थ, जुलियस वंश का सीज़र।)

यदि मैं भूल नहीं कर रहा तो प्रतिज्ञप्तियों और फ़लनकों के अर्थ से सम्बन्धित फ्रेगे का सिद्धान्त, युक्ति और प्रत्यय के बीच की भ्रान्ति पर आधारित है। फ्रेगे तर्कशास्त्र की प्रतिज्ञप्तियों को नाम और

उनकी युक्तियों को उन नामों का प्रत्यय मानते थे।

5.1 सत्यात्मक-फ़लनों को शृंखला-बद्ध किया जा सकता है।

प्रसम्भाव्यता-मीमांसा का यही आधार है।

5.101 प्राथमिक प्रतिज्ञप्तियों की प्रदत्त संख्या के सत्यात्मक-फ़लनकों को सदा निम्नलिखित प्रकार के आकृतिगण में निरूपित किया जा सकता है :

(T T T T)(p, q)Tautology	(If p then p; and if q then q.) $(p \supset p . q \supset q)$
(F T T T)(p, q) in words :	Not both p and q. $[\sim(p.q)]$
(T F T T)(p, q) in words :	If q then p. $(q \supset p)$
(T T F T)(p, q) in words :	If p then q. $(p \supset q)$
(T T T F)(p, q) in words :	p or q. $(p \vee q)$
(F F T T)(p, q) in words :	Not q. $(\sim q)$
(F T F T)(p, q) in words :	Not p. $(\sim p)$
(F T T F)(p, q) in words :	p or q, but not both $(p.\sim q :v: q.\sim p)$
(F T T F)(p, q) in words :	if p then q; and if q, then p. $(p \equiv q)$
(T F T F)(p, q) in words :	p
(T T F F)(p, q) in words :	q
(F F F T)(p, q) in words :	Neither p nor q. $(\sim p.\sim q$ or $p \mid q)$
(F F T F)(p, q) in words :	p and not q. $(p.\sim q)$
(F T F F)(p, q) in words :	q and not p. $(q.\sim p)$
(T F F F)(p, q) in words :	q and p. $(q.\sim p)$
(F F F F)(p, q) Contradiction	(p and not p, and q and not q) $(p.\sim p . q.\sim q)$

प्रतिज्ञप्ति को सत्यात्मक बनाने वाली सत्यात्मक युक्तियों की सत्यात्मक सम्भावनाओं को मैं *सत्यात्मक आधार* नाम दूँगा।

5.11 जब सत्यात्मक आधार अनेक प्रतिज्ञप्तियों में समान रूप से व्याप्त होने के साथ-साथ किसी विशिष्ट प्रतिज्ञप्ति का सत्यात्मक आधार भी हो तब हम कहते हैं कि उस विशिष्ट प्रतिज्ञप्ति की सत्यात्मकता अन्य प्रतिज्ञप्तियों की सत्यात्मकता का अनुसरण करती है।

5.12 विशेष रूप से 'p' इस प्रतिज्ञप्ति की सत्यात्मकता एक अन्य प्रतिज्ञप्ति 'q' से तभी निगमित होती है जब 'q' के सभी सत्यात्मक आधार 'p' के भी सत्यात्मक आधार होते हैं।

5.121 एक प्रतिज्ञप्ति के सत्यात्मक आधार दूसरी प्रतिज्ञप्ति में निहित होते

हैं: p, q से निगमित होती है।

5.122 यदि p, q से निगमित होती है तो 'p' का अर्थ 'q' के अर्थ में अन्तर्निहित होता है।

5.123 यदि कोई ईश्वर एक ऐसे संसार की रचना करता है जिसमें कुछ प्रतिज्ञप्तियाँ सत्यात्मक हों तो उसी रचना-व्यापार से वह एक ऐसे संसार की भी रचना करता है जिसमें उन प्रतिज्ञप्तियों से निगमित होने वाली सभी प्रतिज्ञप्तियाँ भी सत्यात्मक होती हैं और इसी प्रकार वह ऐसे संसार की रचना नहीं कर सकता जिसमें 'p' प्रतिज्ञप्ति अपने अनुरूप वस्तुओं की रचना के बिना सत्यात्मक हो।

5.124 प्रतिज्ञप्ति अपनी सभी अनुवर्ती प्रतिज्ञप्तियों की पुष्टि करती है।

5.1241 '$p.q$' यह प्रतिज्ञप्ति उन प्रतिज्ञप्तियों में से एक है जो 'p' की पुष्टि करती हैं, और इसके साथ ही वह उन प्रतिज्ञप्तियों में से भी है जो 'q' की पुष्टि करती हैं।

दो प्रतिज्ञप्तियाँ परस्पर विरोधी होती हैं, जब तक दोनों की पुष्टि करने वाली कोई सार्थक प्रतिज्ञप्ति न हो।

किसी प्रतिज्ञप्ति का व्याघात करने वाली प्रतिज्ञप्ति उसका निषेध करती है।

5.13 जब एक प्रतिज्ञप्ति की सत्यात्मकता दूसरी प्रतिज्ञप्तियों की सत्यात्मकता से निगमित होती है तो इस बात को हम उन प्रतिज्ञप्तियों की संरचना को देखकर जान सकते हैं।

5.131 जब किसी प्रतिज्ञप्ति की सत्यात्मकता किन्हीं अन्य प्रतिज्ञप्तियों की सत्यात्मकता से निगमित होती है तो इसकी अभिव्यक्ति प्रतिज्ञप्तियों के आकार-विषयक पारस्परिक सम्बन्धों में होती है : इन पारस्परिक सम्बन्धों के योग से किसी भिन्न प्रतिज्ञप्ति की संरचना की आवश्यकता नहीं है; इसके विपरीत, सम्बन्ध आन्तरिक होते हैं और वे प्रतिज्ञप्ति के अस्तित्व के तात्कालिक परिणाम होते हैं।

5.1311 जब हम $p \vee q$ और $\sim p$ से q की अनुमिति करते हैं तो हमारी द्योतन-पद्धति के कारण $p \vee q$ और $\sim p$ इन प्रतिज्ञप्तिगत आकारों के पारस्परिक सम्बन्ध पर परदा पड़ जाता है। किन्तु जब हम $p \vee q$ लिखने के बजाय, उदाहरणार्थ, '$p / q . / . p / q$' लिखते हैं और $\sim p$ के बजाय 'p / p'(p/q=न तो p, न ही q) लिखते हैं तो उनका आन्तरिक सम्बन्ध सुस्पष्ट हो जाता है।

($(x).fx$ से fa की अनुमिति की सम्भावना यह सिद्ध करती है कि $(x).fx$ प्रतीक स्वयं ही सामान्य है।)

5.132 यदि q से p निगमित होता है, तो मैं q से p की अनुमिति कर सकता हूँ, q से p निगमित कर सकता हूँ।

केवल दो प्रतिज्ञप्तियों से ही अनुमान के स्वरूप का पता चल सकता है। ये प्रतिज्ञप्तियाँ स्वयं ही अनुमान का एकमात्र सम्भावित औचित्य हो सकती हैं।

फ़्रेगे और रसेल की रचनाओं में अनुमान को औचित्य प्रदान करने वाले 'अनुमान-नियम' निरर्थक एवं अनपेक्षित हैं।

5.133 सभी निगमन *प्रागनुभविक* होते हैं।

5.134 कोई प्राथमिक प्रतिज्ञप्ति किसी दूसरी प्राथमिक प्रतिज्ञप्ति से निगमित नहीं की जा सकती।

5.135 एक वस्तुस्थिति के अस्तित्व का किसी अन्य नितान्त भिन्न वस्तुस्थिति के अस्तित्व से अनुमान किसी प्रकार नहीं लगाया जा सकता।

5.136 इस प्रकार के अनुमान के औचित्य के लिए कोई कारण-कार्य सम्बन्ध नहीं है।

5.1361 हम वर्तमान घटनाओं से भविष्य की घटनाओं का अनुमान *नहीं* लगा सकते।

अन्धविश्वास, कारण-कार्य सम्बन्धों में विश्वास के अतिरिक्त और कुछ भी नहीं हैं।

5.1362 संकल्प-स्वातन्त्र्य भविष्य के गर्भ में छिपे कार्यव्यापारों को जानने की असमर्थता में निहित है। हम उन्हें केवल तभी जान सकते हैं जब वे तार्किक अनुमान के समान, कारण-कार्य सम्बन्ध भी उनकी *आन्तरिक* आवश्यकता होते। — ज्ञान और ज्ञेय में तार्किक आवश्यकता का सम्बन्ध होता है।

(p के पुनरुक्ति होने पर 'A जानता है कि वस्तुस्थिति p है', यह प्रतिज्ञप्ति निरर्थक होती है)

5.1363 यदि प्रतिज्ञप्ति की स्वयंसिद्ध सम्बन्धी मान्यता से उस प्रतिज्ञप्ति की सत्यात्मकता *निगमित* नहीं होती तो उसकी स्वयंसिद्धता से प्रतिज्ञप्ति के सत्यात्मकता विषयक हमारे विश्वास को कोई सहारा नहीं मिलता।

5.14 यदि पहली प्रतिज्ञप्ति दूसरी प्रतिज्ञप्ति से निगमित होती है तो दूसरी, पहली प्रतिज्ञप्ति से अधिक व्यापक है और पहली दूसरी से

कम व्यापक।

5.141 यदि p प्रतिज्ञप्ति q से और q प्रतिज्ञप्ति p से निगमित होती तो वो दोनों प्रतिज्ञप्तियाँ एक ही हैं।

5.142 पुनरुक्ति सभी प्रतिज्ञप्तियों से निगमित होती है: पर वह कुछ भी अभिव्यक्त नहीं करती।

5.143 व्याघात प्रतिज्ञप्तियों के बीच का वह सामान्य घटक है जो किन्हीं भी *दो* प्रतिज्ञप्तियों में साझा *नहीं* होता। पुनरुक्ति उन सभी प्रतिज्ञप्तियों के बीच का सामान्य घटक है जिनमें परस्पर कुछ भी साझा नहीं होता। हम कह सकते हैं कि व्याघात सभी प्रतिज्ञप्तियों के बाहर लुप्त हो जाता है: पुनरुक्ति प्रतिज्ञप्तियों के भीतर लुप्त होती है।

व्याघात प्रतिज्ञप्तियों की बाह्य सीमा होती है: पुनरुक्ति उनके केन्द्र में स्थित अतात्त्विक बिन्दु है।

5.15 यदि किसी प्रतिज्ञप्ति 'r' के सत्यात्मक-आधारों की संख्या T_r हो, और यदि किसी अन्य प्रतिज्ञप्ति 's' के ऐसे सत्यात्मक आधारों की संख्या जो 'r' के भी सत्यात्मक आधार हो, T_{rs} हो, तो हम प्रतिज्ञप्ति 'r' द्वारा प्रतिज्ञप्ति 's' को दी गई सम्भावना के परिणाम को $T_{rs} : T_r$ के अनुपात द्वारा अभिव्यक्त करेंगे।

5.151 मान लीजिए कि 5.101 में प्रदत्त आकृतिगण के समान किसी आकृतिगण की r प्रतिज्ञप्ति में 'T' की संख्या T_r हो, और s प्रतिज्ञप्ति में ऐसी 'T' की संख्या r प्रतिज्ञप्ति के 'T' वाले कॉलम में T_{rs} हो, तो r प्रतिज्ञप्ति s प्रतिज्ञप्ति को $T_{rs} : T_r$ की सम्भाव्यता प्रदान करती है।

5.1511 कोई विशेष वस्तु प्रसम्भाव्यता प्रतिज्ञप्तियों का विषय नहीं होती।

5.152 सामान्य सत्यात्मक युक्तियों के अभाव में प्रतिज्ञप्तियाँ एक दूसरे से भिन्न कही जाती हैं।

दो प्राथमिक प्रतिज्ञप्तियों का सम्भाव्यता-कारक 1/2 होता है।

जब p, q की अनुवर्ती होती है तो 'q' और 'p' प्रतिज्ञप्ति का संभाव्यकता-कारक 1 होता है। तार्किक अनुमान की सुनिश्चितता प्रसम्भाव्यता की पराकाष्ठा है।

(पुनरुक्ति और व्याघात पर इसका प्रयोग।)

5.153 प्रतिज्ञप्ति अपने आप में न तो संभाव्य होती है न ही असंभाव्य। घटना

घटती है या फिर नहीं घटती: इसके बीच का कुछ नहीं होता हैं।

5.154 मान लीजिए कि किसी घड़े के अन्दर बराबर संख्या में काली और सफेद गेंद हैं (और इन दोनों के अलावा उसमें किसी अन्य रंग की गेंद नहीं हैं।) मैं एक-एक करके गेंदों को निकालता हूँ और फिर से उन्हें घड़े में रख देता हूँ। गेंद निकालने की इस प्रक्रिया से मैं यह सिद्ध कर सकता हूँ कि घड़े से निकाली गई गेंदों की संख्या लगभग बराबर है।

अत: *यह* गणितीय सत्य नहीं है।

अब, यदि यह कहा जाए कि 'सफेद और काली गेंदों को मेरे निकालने की समान सम्भावनाएँ हैं, तो इसका अर्थ यह है कि ज्ञात (प्राक्कल्पना के रूप में मान्य प्रकृति के नियमों सहित) सभी परिस्थितयाँ एक के मुकाबले किसी दूसरी घटना को *अधिक* प्रसम्भाव्यता प्रदान नहीं करतीं। अर्थात, उपर्युक्त परिभाषाओं से यह आसानी से पता चल सकता है कि वे सभी को 1/2 सम्भाव्यता-कारक ही प्रदान करती हैं।

इस प्रयोग से यह सिद्ध होता है कि दोनों घटनाएँ उन परिस्थितियों से भिन्न हैं जिनकी मुझे विस्तृत जानकारी नहीं है।

5.155 प्रसम्भाव्यता प्रतिज्ञप्ति की लघुतम इकाई यह है : वे परिस्थितियाँ जिनके बारे में मुझे अधिक जानकारी नहीं है — किसी विशिष्ट घटना के घटित होने को कोई विशिष्ट प्रसम्भाव्यता प्रदान करती है।

5.156 इस प्रकार प्रसम्भाव्यता एक सामान्यीकरण है।

उस (प्रसम्भाव्यता) में प्रतिज्ञप्ति-गत आकार का सामान्य विवरण निहित होता है।

प्रसम्भाव्यता का प्रयोग हम सुनिश्चितता के अभाव में करते हैं— इसका प्रयोग हम तब करते हैं जब तथ्यविषयक हमारा ज्ञान पूर्ण न हो परन्तु हम उसके आकार के बारे में ही *कुछ* जानते हों।

(प्रतिज्ञप्ति कभी किसी विशिष्ट वस्तुस्थिति का अधूरा चित्र हो सकती है किन्तु वह सर्वदा *किसी न किसी विषय* का पूर्ण चित्र होती है।)

प्रसम्भाव्यता प्रतिज्ञप्ति एक प्रकार से अन्य प्रतिज्ञप्तियों का उद्धरण होती है।

5.2 प्रतिज्ञप्तियों की संरचनाएँ परस्पर आन्तरिक रूप से सम्बद्ध होती हैं।

5.21 इन आन्तरिक सम्बन्धों की महत्ता प्रतिपादित करने के लिए हम यह कथन अपना सकते हैं : हम किसी प्रतिज्ञप्ति की प्रस्तुति एक ऐसी

प्रक्रिया के परिणाम के रूप में कर सकते हैं जो अन्य प्रतिज्ञप्तियों (जो उस प्रक्रिया का आधार हैं) से उस प्रतिज्ञप्ति की रचना करता है।

5.22 प्रक्रिया अपनी परिणाम-संरचनाओं और आधारों के सम्बन्ध की अभिव्यक्ति है।

5.23 प्रक्रिया एक प्रतिज्ञप्ति से दूसरी प्रतिज्ञप्ति का रचना व्यापार है।

5.231 और निस्संदेह वह उन प्रतिज्ञप्तियों के आकार सम्बन्धी गुणों और उनकी आकारगत आन्तरिक समानताओं पर निर्भर करता है।

5.232 शृंखला को क्रमबद्ध करने वाला आन्तरिक सम्बन्ध एक आकार से दूसरे आकार को उत्पन्न करने वाले व्यापार के तुल्य है।

5.233 किसी एक प्रतिज्ञप्ति से अन्य प्रतिज्ञप्ति की तार्किक रूप से सार्थक रचना से पहले, अर्थात प्रतिज्ञप्तियों की तार्किक रचना शुरू होने तक, प्रक्रियाएँ शुरू नहीं हो सकतीं।

5.234 प्राथमिक प्रतिज्ञप्तियों के सत्यात्मक-फ़लन, प्राथमिक प्रतिज्ञप्तियों पर आधारित प्रक्रियाओं के परिणाम हैं। (इन प्रक्रियाओं को मैं सत्यात्मक प्रक्रियाएँ कहता हूँ।)

5.2341 *p* के सत्यात्मक-फ़लन का अर्थ *p* के अर्थ का फ़लन है।
निषेध, तार्किक-गुणन इत्यादि, इत्यादि प्रक्रियाएँ हैं।
(निषेध प्रतिज्ञप्ति के अर्थ को उलट देता है।)

5.24 प्रक्रिया अपने आप को चर के रूप में व्यक्त करती है; उससे हम प्रतिज्ञप्ति के एक आकार से दूसरे आकार तक कैसे पहुँच सकते हैं, इस बात का पता चलता है।
वह आकारों के बीच विद्यमान भेद का कथन करती है।
(और प्रक्रिया के आधार और उसके परिणामों में, आधार ही साधारण धर्म हैं।)

5.241 प्रक्रिया आकार का लक्षण न होकर आकार-भेद का ही लक्षण होती है।

5.242 '*p*' से '*q*' को उत्पन्न करने वाली प्रक्रिया '*q*' से '*r*' को भी उत्पन्न करती है। और यथावत। इसे अभिव्यक्त करने का एक-मात्र ढंग है : '*p*', '*q*', '*r*' इत्यादि अनिवार्यत: ऐसे चर हैं जो विशिष्ट आकारिक सम्बन्धों को सामान्य रूप से अभिव्यक्त करते हैं।

5.25 प्रक्रिया का घटित होना प्रतिज्ञप्ति के अर्थ को अभिलक्षित नहीं करता। वस्तुत:, प्रक्रिया अपने आप कुछ अभिव्यक्त नहीं करती, अपितु उसके परिणाम से ही कुछ पता चलता है, और वह प्रक्रिया के आधारों पर निर्भर है।

(प्रक्रियाओं और फ़लनकों को समझने में भूल नहीं करनी चाहिए।)

5.251 फ़लनक अपने आप में कोई युक्ति नहीं हो सकता, जबकि प्रक्रिया अपने किसी परिणाम को ही अपना आधार बना सकती है।

5.252 केवल इस प्रकार ही आकार-शृंखला की एक कड़ी से दूसरी कड़ी (रसेल और व्हाइटहेड द्वारा दी गयी क्रम-परंपरा में एक प्रारूप से दूसरे प्रारूप) तक पहुँचना सम्भव होता है। (रसेल और व्हाइटहेड ने यद्यपि ऐसे क्रम को नहीं स्वीकारा फिर भी उन्होंने इसका निरन्तर प्रयोग किया।)

5.2521 यदि किसी प्रक्रिया का अपने परिणामों पर बार-बार प्रयोग किया जाये तो मैं इसे उस प्रक्रिया का आनुक्रमिक प्रयोग कहता हूँ। ('O' 'ξ' प्रक्रिया के 'a' पर तीन आनुक्रमिक प्रयोगों का परिणाम '$O'O'O'a$' होता है।)

इसी अर्थ में मैं अनेक प्रतिज्ञप्तियों की एक से अधिक प्रक्रियाओं के आनुक्रमिक प्रयोगों का उल्लेख करता हूँ।

5.2522 तदनुसार आकारों की शृंखला $a, O'a, O'O'a \ldots$ के सामान्य पद के लिए मैं $[a, x, O'x]$, यह प्रतीक प्रयुक्त करता हूँ। यहाँ कोष्ठक में दी गयी अभिव्यक्ति एक चर है: कोष्ठकबद्ध अभिव्यक्ति का पहला पद आकारों की शृंखला का आरम्भ है, उसका दूसरा पद शृंखला में से मनमाने ढंग से चुने गए x पद का आकार है, और तीसरा पद शृंखला में x के एकदम बाद आने वाला पद है।

5.2523 एक प्रक्रिया के आनुक्रमिक प्रयोग की अवधारणा 'और यथावत' इस अवधारणा के तुल्य है।

5.253 एक प्रक्रिया दूसरी प्रक्रिया की विरोधी हो सकती है। प्रक्रियाएँ एक दूसरे को निरस्त कर सकती हैं।

5.254 प्रक्रिया लुप्त हो सकती है (उदाहरणार्थ '$\sim\sim p :\sim\sim p = p$' में निषेध)।

5.3 सभी प्रतिज्ञप्तियाँ प्राथमिक प्रतिज्ञप्तियों पर सत्यात्मक प्रक्रियाओं के परिणाम हैं।

सत्यात्मक प्रक्रिया प्राथमिक प्रतिज्ञप्तियों से सत्यात्मक-फ़लन उत्पन्न करने का ढंग है।

सत्यात्मक प्रक्रिया का सार यह है कि जैसे प्राथमिक प्रतिज्ञप्तियाँ अपना सत्यात्मक-फ़लन उत्पन्न करती हैं, वैसे ही सत्यात्मक-

फ़लन भी अनुवर्ती सत्यात्मक-फ़लन की उत्पत्ति करते हैं। प्राथमिक प्रतिज्ञप्तियों के सत्यात्मक-फ़लनकों पर सत्यात्मक-प्रक्रिया का प्रयोग सदैव एक और प्राथमिक प्रतिज्ञप्तियों के सत्यात्मकता फ़लन की, एक और प्रतिज्ञप्ति की उत्पत्ति करता है। जब कोई सत्यात्मक प्रक्रिया किसी प्राथमिक प्रतिज्ञप्ति से प्राप्त सत्यात्मक-प्रक्रिया-परिणामों पर लागू की जाती है तो प्राथमिक प्रतिज्ञप्ति देने वाली कोई *एकल* प्रक्रिया भी होती है।

प्रत्येक प्रतिज्ञप्ति प्राथमिक प्रतिज्ञप्तियों पर सत्यता-फ़लनकों के प्रयोग का परिणाम है।

5.31 '*p*', '*q*', '*r*' इत्यादि के प्राथमिक प्रतिज्ञप्ति न होने पर भी 4.31 में दिया गया आकृतिगण सार्थक होता है।

और यह सहज ही समझा जा सकता है कि प्राथमिक प्रतिज्ञप्तियों '*p*' और '*q*' के सत्यात्मक-फ़लनक होने पर भी 4.442 में अंकित प्रतिज्ञप्ति-गत चिह्न प्राथमिक प्रतिज्ञप्ति के किसी एकल सत्यात्मक फ़लन को अभिव्यक्त करता है।

5.32 सभी सत्यात्मक-फ़लनक, प्राथमिक प्रतिज्ञप्तियों पर किए गए सत्यात्मक-प्रक्रियाओं के सीमित आनुक्रमिक प्रयोगों के परिणाम हैं।

5.4 अब यह बात स्पष्ट हो जाती है कि (फ़्रेगे और रसेल द्वारा अभिप्रेत) 'तार्किक वस्तुएँ', या 'तार्किक अचर' नहीं होते।

5.41 इसका कारण यह है कि प्राथमिक प्रतिज्ञप्तियों के सत्यात्मक फ़लन समान होने पर, सत्यात्मक फ़लनकों पर सत्यात्मक-प्रक्रियाओं के प्रयोग का परिणाम सदैव एक जैसा होता है।

5.42 यह स्वतः सिद्ध है कि $\vee, \supset$ इत्यादि चिह्नों में सम्बन्ध दक्षिण (दाहिने) और वाम (बाँऐ) इत्यादि सम्बन्धों जैसा सम्बन्ध नहीं है। फ़्रेगे और रसेल द्वारा प्रयुक्त तर्कशास्त्र के मूल चिह्नों की अन्तर्परिभाषा से ही यह सिद्ध हो जाता है कि वे न मूल चिह्न हैं, और इसके साथ-साथ वे सम्बन्धों के चिह्न भी नहीं हैं।

और यह सुस्पष्ट है कि '~' और '$\vee$' चिह्नों के द्वारा दी गई '$\supset$' चिह्न की परिभाषा, '$\vee$' चिह्न की '~' द्वारा की गई परिभाषा के समरूप है; और द्वितीय '$\vee$' चिह्न प्रथम के समान है; यथावत।

5.43 शुरु में तो यह नितान्त अविश्वसनीय लगता है कि किसी एक तथ्य *p* से अनेक अन्य तथ्य, उदाहरणार्थ $\sim\sim p$, $\sim\sim\sim\sim p$ इत्यादि निगमित होते हैं। और यह भी कम विचित्र नहीं है कि तर्कशास्त्र

(गणित) की असंख्य प्रतिज्ञप्तियाँ आधा दर्जन 'मूल प्रतिज्ञप्तियों' से निगमित होती हैं।

किन्तु सच तो यह है कि तर्क की सभी प्रतिज्ञप्तियाँ एक ही बात कहती हैं, यानी वे कुछ भी नहीं कहतीं।

5.44 सत्यात्मक-फ़लनक, वस्तुगत-फ़लनक नहीं होते। उदाहरणार्थ, निषेध-द्वय द्वारा सकारात्मक प्रतिज्ञप्ति प्राप्त होती है : क्या इससे यह निगमित होता है कि सकारात्मक प्रतिज्ञप्ति में निषेध निहित होता है? क्या '$\sim \sim p$', '$\sim p$' का निषेध करती है, अथवा क्या वह 'p' की पुष्टि करती है – या वह दोनों कार्य करती है?

'$\sim \sim p$' यह प्रतिज्ञप्ति किसी वस्तु विशेष के निषेध को इंगित नहीं करती; क्योंकि निषेध कोई वस्तु नहीं है : इसके विपरीत सकारात्मकता में निषेध पहले से ही विद्यमान होता है और यदि '$\sim$' नाम की कोई वस्तु होती तो '$\sim \sim p$' से किसी ऐसी बात का पता चलता जो 'p' द्वारा बताई जाने वाली बात से भिन्न होती; क्योंकि तब एक प्रतिज्ञप्ति $\sim$ के बारे में होती और दूसरी $\sim$ के बारे में नहीं होती।

5.441 '$\sim (\exists x). \sim fx$' वही जानकारी देता है जो '$(x).fx$' से मिलती है, और '$(\exists x).fx \, . \, x = a$' भी वही जानकारी देता है जो 'fa' से मिलती है, इन दोनों स्थितियों में भी प्रत्यक्ष तार्किक अचर लुप्त हो जाते हैं।

5.442 किसी प्रतिज्ञप्ति के *साथ-साथ* हमें उस प्रतिज्ञप्ति पर आधारित सभी सत्यात्मक प्रक्रियाओं के परिणाम भी उपलब्ध कराए जाते हैं।

5.45 यदि मूल तार्किक चिह्न होते हैं तो उनके पारस्परिक सम्बन्धों की स्पष्ट जानकारी न देने वाला, और उनके अस्तित्व की व्याख्या न करने वाला कोई भी तर्कशास्त्र सही नहीं है। मूल चिह्नों से *निर्मित* तर्कशास्त्र की रचना को स्पष्ट करना अनिवार्य है।

5.451 यदि तर्कशास्त्र में मूल विचार होते हैं तो उनका एक दूसरे से स्वतन्त्र होना अनिवार्य है। मूल विचार को उसके सभी सम्भावित संयोजनों में, प्रस्तुत किया जाना अनिवार्य है। अतः उसे पहले किसी एक संयोजन में, और बाद में किसी अन्य संयोजन में पुनः प्रस्तुत नहीं किया जा सकता। उदाहरणार्थ, निषेधात्मक स्थिति में, '$\sim p$' आकारवाली प्रतिज्ञप्तियों और '$\sim (p \vee q)$', '$(\exists x). \sim fx$' इत्यादि जैसे आकार वाली प्रतिज्ञप्तियों में हमें उसे समझना अनिवार्य है। उसकी प्रस्तुति

कभी किसी एक श्रेणी की स्थितियों के लिए और फिर किसी दूसरी श्रेणी की स्थितियों के लिए नहीं करनी चाहिए, क्योंकि तब उसका दोनों स्थितियों में एक ही अर्थ होने का भ्रम बना रहेगा, और दोनों स्थितियों में चिह्नों को एक ही ढंग से संयोजित किए जाने का भी कोई कारण नहीं दिया जा सकेगा।

(संक्षेप में फ्रेगे द्वारा *(दॅ फन्डामॅन्टल लॉज ऑव अर्थमैटिक* में) परिभाषाओं की सहायता से चिह्नों की प्रस्तुति के बारे में की गई टिप्पणियाँ मूल चिह्नों पर भी *जस की तस* लागू होती हैं।)

5.452 तर्कशास्त्र की प्रतीकात्मकता में किसी नवीन संकेतक की प्रस्तुति निश्चित रूप से एक महत्त्वपूर्ण घटना होती है। तर्कशास्त्र में अनभिज्ञता का नाटक करते हुए किसी नवीन संकेतक को कोष्ठकों में या पादटिप्पणियों में नहीं देना चाहिए।

(रसेल और व्हाइटहेड की पुस्तक *प्रिंसिपिया मैथमेटिका* में परिभाषाओं और मूल प्रतिज्ञप्तियों को इसी प्रकार शब्दों में अभिव्यक्त किया गया है। शब्द यकायक क्यों आ जाते हैं? शब्दों के प्रयोग का कोई औचित्य होना चाहिए किन्तु यहाँ न तो कोई औचित्य दिया गया है, और न ही कोई दिया जा सकता है क्योंकि यह पद्धति ही अवैध है)।

किन्तु, यदि कभी नवीन संकेतक की प्रस्तुति अत्यावश्यक हो ही तो हमें तत्काल यह पूछना होगा कि 'अब इस संकेतक का प्रयोग कहाँ अपरिहार्य है?' और इस तरह तर्कशास्त्र में उसकी स्थिति को सुस्पष्ट कर देना होगा।

5.453 तर्कशास्त्र में सभी अंकों का औचित्य अपेक्षित है। या फिर, यह स्पष्ट हो जाना चाहिए कि तर्कशास्त्र में अंक होते ही नहीं।

अभिजात्य अंक नहीं होते।

5.454 तर्कशास्त्र में न तो कोई समान स्थिति होती है, न ही किसी प्रकार का वर्गीकरण होता है।

तर्कशास्त्र में सामान्य और विशेष में कोई भेद नहीं होता।

5.4541 तर्कशास्त्र की समस्याओं के सरल समाधान होने चाहिए; क्योंकि वे समाधानों की सरलता के प्रतिमान बनाते हैं।

मानवजाति की सर्वदा यह पूर्वापेक्षा रही है कि कोई ऐसा क्षेत्र अवश्य होना चाहिए – जिसमें *प्रागनुभविक* रूप से – स्वायत्त प्रणाली की रचना के लिए प्रश्नों के उत्तर सन्तुलित रूप से संयोजित

हों।

नियमाधीन क्षेत्र : सरल सत्यात्मकता को द्योतित करते हैं।

5.46 तार्किक चिह्नों की यथोचित प्रस्तुति से उनके सभी संयोजनों की सार्थक प्रस्तुति भी हो जाती है; यानी न केवल '$p \vee q$' अपितु '$\sim (p \vee \sim q)$' इत्यादि, इत्यादि भी प्रस्तुत हो जाते हैं। तार्किक चिह्नों की यथोचित प्रस्तुति से कोष्ठकों के सभी सम्भावित संयोजनों की सार्थक प्रस्तुति भी हो जाती है। और इस प्रकार यह स्पष्ट हो जाता है कि '$p \vee q$', '$(\exists x).fx$' इत्यादि चिह्न वास्तव में सामान्य मूल चिह्न नहीं हैं, अपितु वे तो मूल चिह्नों के संयोजनों के सर्वाधिक सामान्य आकार हैं।

5.461 महत्त्वहीन प्रतीत होने पर भी यह बात महत्त्वपूर्ण है कि तर्कशास्त्र में $\vee$ और $\supset$ जैसे छद्म-सम्बन्धों को कोष्ठकों की आवश्यकता पड़ती है – जबकि वास्तविक सम्बन्धों को कोष्ठकों की आवश्यकता नहीं होती।

वस्तुतः ऊपरी तौर से मूल चिह्नों के लिए कोष्ठकों के प्रयोग से ही यह पता चल जाता है कि वे वास्तविक मूल चिह्न नहीं हैं। और निस्संदेह कोई भी यह नहीं मानेगा कि कोष्ठकों का कोई स्वतन्त्र अर्थ होता है।

5.4611 तार्किक प्रक्रियाओं के चिह्न विरामचिह्न होते हैं।

5.47 यह तो स्पष्ट है कि प्रतिज्ञप्ति-आकारों के बारे में *अग्रिम* कथनों को *एक ही बार* में कहने का हममें सामर्थ्य होना चाहिए।

प्राथमिक प्रतिज्ञप्ति में प्रायः सभी तार्किक प्रक्रियाएँ निहित होती हैं। क्योंकि 'fa' वही अभिव्यक्त करती है जो अभिव्यक्त करती है।

$$'(\exists x).fx.x = a'$$

संयुक्तता में युक्ति एवं फ़लनक होते हैं, और जहाँ युक्ति एवं फ़लनक होते हैं वहाँ तार्किक अचर पहले से ही उपस्थित होते हैं।

सभी प्रतिज्ञप्तियों में स्वरूपगत सामान्य को उनका एकमात्र तार्किक अचर कहा जा सकता है।

किन्तु यही तो सामान्य प्रतिज्ञप्ति-गत आकार है।

5.471 सामान्य प्रतिज्ञप्ति-गत आकार प्रतिज्ञप्ति का सार होता है।

5.4711 प्रतिज्ञप्ति के सार को उपलब्ध कराने का अर्थ है सम्पूर्ण विवरण का सार उपलब्ध करवाना और इसलिए संसार का सार उपलब्ध करवाना।

5.472 प्रतिज्ञप्ति-गत आकार का सर्वाधिक सामान्य विवरण तर्कशास्त्र के एकमात्र सामान्य मूल चिह्न का विवरण है।

5.473 तर्कशास्त्र को स्वायत्त होना चाहिए।

सम्भावित चिह्न सार्थक होना चाहिए। तर्कशास्त्र में प्रत्येक सम्भावना पर विचार किया जाता है। ('सुकरात तद्रूप है' इस प्रतिज्ञप्ति का कोई अर्थ नहीं होता; क्योंकि 'तद्रूप' कोई गुण धर्म नहीं होता। इस प्रतिज्ञप्ति के अर्थहीन होने का कारण यह नहीं है कि यह प्रतीक अपने आप में गलत है, अपितु इसका कारण तो इस प्रतीक का यादृच्छिक अर्थ निर्धारण करने में हमारी असफलता है)।

कहा जा सकता है कि तर्कशास्त्र में गलती हो ही नहीं सकती।

5.4731 रसेल के बहुचर्चित स्वत:प्रामाण्यवाद का तर्कशास्त्र में अनुपयोगी होने का एकमात्र कारण यह है कि स्वयं भाषा ही सभी तार्किक त्राुटियों का निरसन करती है। — अतार्किक विचारों की *असम्भाव्यता* तर्कशास्त्र को *प्रागनुभविक* बनाती है।

5.4732 चिह्न को हम गलत अर्थ नहीं दे सकते।

5.47321 निस्संदेह औकम न्याय (लाघव न्याय) का सिद्धान्त न तो यादृच्छिक नियम है, न ही व्यावहारिक सफलता से इसका औचित्य सिद्ध किया जा सकता है : इसका सार यह है कि संकेत-भाषा की *अनावश्यक* ईकाइयाँ निरर्थक होती हैं।

सोद्‌देश्य तार्किक चिह्न तार्किक रूप से *एक समान* होते हैं, और सभी *निरुद्‌देश्य* चिह्न तार्किक रूप से निरर्थक होते हैं।

5.4733 फ़्रेगे कहता है कि नियमानुसार रचित प्रत्येक प्रतिज्ञप्ति अनिवार्यत: सार्थक होती है। और मैं कहता हूँ कि प्रत्येक संभाव्य प्रतिज्ञप्ति नियमानुसार रचित होती है, ओर उसके निरर्थक होने का कारण केवल यह हो सकता है कि हम उसके कतिपय संघटकों को *अर्थ* प्रदान करने में असफल रहे हैं।

(चाहे हम यह मानते हों कि हमने उन्हें अर्थ प्रदान किया है।)

अत: 'सुकरात तद्रूप है' इस प्रतिज्ञप्ति के निरर्थक होने का कारण यह है कि हमने 'तद्रूप' शब्द को कोई *विशेषणात्मक अर्थ* प्रदान *नहीं* किया है। क्योंकि जब यह शब्द तद्रूपता के चिह्न के रूप में प्रयुक्त होता है तो वह नितान्त भिन्न विषय का द्योतन करता है — इस स्थिति में द्योतक सम्बन्ध भिन्न है — अत: दोनों स्थितियों में प्रतीक भी नितान्त भिन्न हैं: दोनों प्रतीकों में केवल उनका चिह्न ही

साझा है, और यह मात्र एक संयोग है।

5.474 मूल प्रक्रियाओं की आवश्यक संख्या *केवल* हमारी संकेतन-पद्धति पर ही निर्भर करती है।

5.475 केवल यही अपेक्षित है कि हम आयामों की एक निश्चित संख्या से— ऐसी चिह्न-प्रणाली विकसित करें जो सीमित आयामों और विशिष्ट गणितीय विविधता से युक्त हो।

5.476 यह स्पष्ट है कि यहाँ जिनका संकेतन करना है ऐसे *मूल विचारों की संख्या* का प्रश्न नहीं है, बल्कि प्रश्न नियम की अभिव्यक्ति का है।

5.5 तात्त्विक प्रतिज्ञप्तियों पर $(-----T),(\xi,\ldots)$ इस प्रक्रिया के आनुक्रमिक प्रयोग का परिणाम सत्यात्मक-फ़लन होता है।
यह प्रक्रिया दाहिनी कोष्ठकों में प्रदत्त प्रत्येक प्रतिज्ञप्ति का निषेध कर देती है, और मैं इसे उन प्रतिज्ञप्तियों का निषेध कहता हूँ।

5.501 जब प्रतिज्ञप्तियाँ कोष्ठकबद्ध अभिव्यक्ति के पदों के रूप में होती हैं — और कोष्ठकबद्ध पदों का कोई भी क्रम हो सकता है — तब मैं '$(\bar{\xi})$' इस चिह्न के आकार द्वारा उसे इंगित करता हूँ। 'ξ' चिह्न एक ऐसा चर है, कोष्ठकबद्ध अभिव्यक्ति के पद जिसके मूल्य हैं, और इस चर के ऊपर लगी रेखा यह इंगित करती है कि वह कोष्ठकों में दिए गये सभी मूल्यों का द्योतन करता है।
(उदाहरणार्थ, यदि $\bar{\xi}$ के तीन मूल्य P, Q, R हों तो

$$\bar{\xi} = (P, Q, R)$$

चरों के मूल्य पूर्व निर्धारित होते हैं। चरों द्वारा द्योतित प्रतिज्ञप्तियों का विवरण पूर्वनिर्धारित होता है।
कोष्ठकबद्ध अभिव्यक्ति के पदों का विवरण कैसे दिया जाता है, यह महत्त्वपूर्ण नहीं है।
विवरणों के तीन भेद हो *सकते* हैं : 1. प्रत्यक्ष गणना जिसमें हम चरों को उनके मूल्य वाले अचरों से प्रतिस्थापित कर सकते हैं; 2. फ़लनक fx को प्रस्तुत करना, x के उन सभी मूल्यों के लिए जिसके मूल्य, विवरण दी जाने वाली प्रतिज्ञप्तियाँ हों; 3. प्रतिज्ञप्तियों की रचना को नियमित करने वाला आकारिक नियम प्रस्तुत करना, इस स्थिति में कोष्ठक बद्ध अभिव्यक्ति के घटक आकारों की शृंखला के सभी पद होंगे।

5.502 अतः '$(-----T),(\xi, \ldots)$' यह लिखने के बजाय मैं '$N(\bar{\xi})$' यह लिखता हूँ।

'$N(\bar{\xi})$' प्रतिज्ञप्तिगत चर ξ के सभी मूल्यों का निषेध है।

5.503 यह तो स्पष्ट है कि इस प्रक्रिया से प्रतिज्ञप्तियों की रचना कैसे की जाती है, और कैसे उनकी रचना इससे नहीं की जा सकती है, यह बात हम सहज ही अभिव्यक्त कर सकते हैं; अतः, इसकी सटीक अभिव्यक्ति सम्भव होनी चाहिए।

5.51 यदि $N\xi$ का केवल एक मूल्य हो तो $N(\bar{\xi}) = \sim p$ (न-p); यदि उसके दो मूल्य हों तो $N(\bar{\xi}) = \sim p . \sim q$ (न तो p, न ही q)।

5.511 तर्कशास्त्र — सर्वग्राही तर्कशास्त्र जो संसार का दर्पण है — में इस प्रकार के निरर्थक अपलाप के लिए कहाँ अवकाश है? इसका एक मात्र कारण यह है कि वे परस्पर एक अत्यन्त महद्दर्पण रूपी सूक्ष्म तन्त्र में बन्धे हैं।

5.512 'p' के असत्य होने पर '$\sim p$' सत्य होता है। अतः, '$\sim p$' प्रतिज्ञप्ति में जब वह सत्य हो, 'p' एक असत्य प्रतिज्ञप्ति है। तो फिर '$\sim$' यह चिह्न उसे वस्तुस्थिति के अनुकूल कैसे बनाता है?

किन्तु '$\sim p$' में निषेध का चिह्न '$\sim$' निषेध नहीं करता है; वस्तुतः इस संकेतनपद्धति के सभी चिह्नों में जो साझा है वही p का निषेध करता है।

अर्थात '$\sim p$','$\sim \sim \sim p$','$\sim p \vee \sim p$','$\sim p . \sim p$' आदि-आदि (अनन्त तक) इन प्रतिज्ञप्तियों की रचना को नियमित करने वाला साझा नियम है। और यह सामान्य नियम निषेध का प्रतिबिम्ब है।

5.513 कहा जा सकता है कि p और q दोनों की पुष्टि करने वाले सभी प्रतीकों में '$p . q$' प्रतिज्ञप्ति साझी है; और p या q की पुष्टि करने वाले सभी प्रतीकों में '$p \vee q$' प्रतिज्ञप्ति साझी है।

और इसी तरह हम कह सकते हैं कि यदि उनके बीच में कुछ भी साझा नहीं है तो दो प्रतिज्ञप्तियाँ परस्पर विरोधी होती हैं, और यह भी कह सकते हैं कि प्रत्येक प्रतिज्ञप्ति का केवल एक निषेध होता है, क्योंकि निषेध से पूरी तरह बाहर केवल एक ही प्रतिज्ञप्ति होती है। अतः, रसेल की संकेतन-पद्धति में भी यह स्पष्ट है कि '$q : p \vee \sim p$' वही अभिव्यक्त करती है जो 'q' अभिव्यक्त करती है, और यह भी स्पष्ट है कि '$p \vee \sim p$' कुछ भी अभिव्यक्त नहीं करती।

5.514 संकेतन–पद्धति की स्थापना में ऐसे नियमों का होना निहित होता है जो p का निषेध करने वाली सभी प्रतिज्ञप्तियों की रचना का, p की पुष्टि करने वाली सभी प्रतिज्ञप्तियों की रचना का, और p या q की पुष्टि करने वाली सभी प्रतिज्ञप्तियों की रचना का नियामक हो; और यथावत। ये नियम प्रतीकों के समतुल्य होते हैं; और इन नियमों में प्रतीकों के अर्थ प्रतिबिम्बित होते हैं।

5.515 हमारे प्रतीकों में यह स्पष्ट रूप से व्यक्त हो जाना चाहिए कि '$\vee$', '.', '$\sim$' इत्यादि से केवल प्रतिज्ञप्तियों को ही परस्पर जोड़ा जा सकता है।

और 'p' और 'q' प्रतीकों द्वारा स्वतः ही '$\vee$', '$\sim$' इत्यादि चिह्नों की पूर्वापेक्षा के कारण वस्तुतः ऐसा है भी। यदि '$p \vee q$' में 'p' चिह्न किसी संश्लिष्ट चिह्न का द्योतन न करे तो स्वयं उसका कोई अर्थ नहीं होगा : किन्तु p के अर्थ वाले '$p \vee p$', '$p.p$' इत्यादि चिह्नों का भी कोई अर्थ नहीं होगा। किन्तु '$p \vee p$' के अर्थहीन होने पर '$p \vee q$' का भी कोई अर्थ नहीं हो सकता।

5.5151 क्या यह अनिवार्य है कि निषेधात्मक प्रतिज्ञप्ति के चिह्न की रचना सकारात्मक प्रतिज्ञप्ति के साथ ही की जाए? निषेधात्मक प्रतिज्ञप्ति को निषेधात्मक तथ्यों द्वारा अभिव्यक्त करने की सम्भावना क्यों नहीं होनी चाहिए? (उदाहरणार्थ, मान लीजिए कि 'a' का 'b' के साथ कोई एक विशेष सम्बन्ध नहीं है; तो इसका प्रयोग यह अभिव्यक्त करने के लिए किया जा सकता है कि aRb सही स्थिति नहीं है।)

किन्तु सच तो यह है कि इस स्थिति में भी निषेधात्मक प्रतिज्ञप्ति की रचना सकारात्मक प्रतिज्ञप्ति के अप्रत्यक्ष प्रयोग द्वारा ही हुई है। सकारात्मक *प्रतिज्ञप्ति* में अनिवार्यतः निषेधात्मक *प्रतिज्ञप्ति* के होने की पूर्व धारणा होती है और *इससे उलट भी*।

5.52 यदि x के सारे मूल्यों के लिए fx फ़लनक के सभी मूल्य ξ के मूल्य हों तो $(N\bar{\xi}) = \sim (\exists x).fx$ ।

5.521 *सकल* प्रत्यय को मैं सत्यात्मक फ़लनकों से अलग रखता हूँ।

फ्रेगे और रसेल ने तार्किक गुणनफल या तार्किक जोड़ के संयोजन में ही सामान्यता के प्रत्यय को प्रस्तुत किया है। इसी कारण दोनों

विचारों वाली '$(\exists x).fx$' और '$(x).fx$' इन प्रतिज्ञप्तियों को समझना कठिन हो गया।

5.522 सामान्यता-चिह्न की पहली विशेषता यह है कि वह आद्य तार्किक प्रारूप को इंगित करता है, और उसकी दूसरी विशेषता यह है कि वह अचरों को प्रमुखता प्रदान करता है।

5.523 सामान्यता-चिह्न एक युक्ति के रूप में प्रस्तुत होता है।

5.524 जब वस्तुएँ प्रदत्त हैं, तो उसी समय *सभी* वस्तुएँ उपलब्ध होती है। जब तात्त्विक प्रतिज्ञप्तियाँ प्रदत्त हैं तो उसी समय *सभी* तात्त्विक प्रतिज्ञप्तियाँ उपलब्ध होती हैं।

5.525 '$(\exists x).fx$' प्रतिज्ञप्ति को 'fx *सम्भव है*' शब्दों द्वारा अनूदित करना गलत है, जैसा कि रसेल करते हैं।

वस्तुस्थिति की निश्चितता, सम्भाव्यता, या असम्भाव्यता किसी प्रतिज्ञप्ति द्वारा अभिव्यक्त नहीं की जाती, अपितु वह अभिव्यक्ति के पुनरुक्ति, सार्थक प्रतिज्ञप्ति या व्याघाती प्रतिज्ञप्ति होने से अभिव्यक्त होती है।

जिस पूर्वोदाहरण से हमें निरन्तर अपेक्षा रहती है उसे स्वयं प्रतीक में ही होना चाहिए।

5.526 हम संसार का सम्पूर्ण विवरण पूर्णतः सामान्यीकृत प्रतिज्ञप्ति द्वारा, अर्थात किसी विशिष्ट वस्तु से किसी नाम को पहले से जोड़े बिना दे सकते हैं। और फिर उस विवरण को प्रचलित ढंग से अभिव्यक्त करने के लिए हमें 'केवल एक और केवल एक ही x ऐसा है कि . . . . . .' इस प्रकार की अभिव्यक्ति में केवल ये शब्द जोड़ने होंगे कि 'और वह x, a है'।

5.5261 प्रत्येक अन्य प्रतिज्ञप्ति के समान पूर्णतः सामान्यीकृत प्रतिज्ञप्ति भी संश्लिष्ट होती है। (इसका पता इस तथ्य से चलता है कि '$(\exists x, \phi).\phi x$ में हमें 'ϕ' और 'x' का अलग-अलग उल्लेख करना पड़ता है। असामान्यीकृत प्रतिज्ञप्तियों के समान ही उन दोनों के संसार के साथ स्वतन्त्र द्योतन-सम्बन्ध होते हैं)

संश्लिष्ट प्रतीक की एक पहचान यह भी होती है कि उसमें, और *अन्य* प्रतीकों में कुछ साझा होता है।

5.5262 *प्रत्येक* प्रतिज्ञप्ति की सत्यात्मकता या असत्यात्मकता से संसार की सामान्य व्याख्या में थोड़ा-बहुत बदलाव आता है। और प्राथमिक

प्रतिज्ञप्तियों का साकल्य भी संसार की उतनी ही व्याख्या करता है जितना की सामान्य प्रतिज्ञप्तियों का समुदाय।
(तात्त्विक प्रतिज्ञप्ति के सत्यात्मक होने का अर्थ है किसी भी कीमत पर *एक और* सत्यात्मक प्राथमिक प्रतिज्ञप्ति)।

5.53 वस्तु के तादात्म्य को मैं तादात्म्य के लिए प्रयुक्त चिह्न द्वारा नहीं, बल्कि चिह्न के तादात्म्य द्वारा अभिव्यक्त करता हूँ। वस्तुओं के भेद को मैं चिह्नों के भेद द्वारा अभिव्यक्त करता हूँ।

5.5301 यह तो स्वतः सिद्ध है कि तादात्म्य वस्तुओं के बीच का सम्बन्ध नहीं है। यह बात, उदाहरणार्थ, '$(x): fx . \supset . x = a$' इस प्रतिज्ञप्ति पर विचार करने से स्पष्ट हो जाती है। यह प्रतिज्ञप्ति केवल यह अभिव्यक्त करती है कि *केवल* a ही फ़लनक f का समाधेय है, पर यह इस बात को अभिव्यक्त नहीं करती कि a से विशिष्ट सम्बन्ध रखने वाली वस्तुएँ ही फ़लनक f की समाधेय हैं।
निस्संदेह, तब यह कहा जा सकता है कि *केवल* a का ही a से यह संबंध है; किन्तु इसको अभिव्यक्त करने के लिए हमें स्वयं तादात्म्य-चिह्न की आवश्यकता होगी।

5.5302 '=' चिह्न की रसेल द्वारा दी गयी परिभाषा अपर्याप्त है; क्योंकि उसके अनुसार हम यह नहीं कह सकते कि दो वस्तुओं के सभी गुण साझे हैं। (इस प्रतिज्ञप्ति के कभी भी सही न होने पर भी, इसमें *सार्थकता* होती है।)

5.5303 दो वस्तुओं को तद्रूप कहना निरर्थक है, और *किसी* वस्तु को स्वयं से तद्रूप कहना कुछ न कहने जैसा है।

5.531 अतः मैं '$f(a,b).a = b$' न लिखकर '$f(aa)$' (अथवा '$f(bb)$') लिखता हूँ); और '$f(a,b). \sim a = b$' न लिखकर '$f(ab)$' लिखता हूँ।

5.532 और इसी प्रकार मैं '$(\exists x, y).f(x,y) . x = y$' न लिखकर '$(\exists x . y).f(x,x)$' लिखता हूँ; और '$(\exists x, y).f(x,y) \sim x = y$' न लिखकर '$(\exists x, y).f(x,y)$' लिखता हूँ।
(अतः, रसेल का '$(\exists x, y).f(x,y)$' यह सूत्र परिवर्तित हो जाता है, इस सूत्र में :

'$(\exists x, y).f(x,y) . \vee . (\exists x).f(x, x)$'

5.5321 अत:, उदाहरणार्थ, '$(x): fx \supset x = a$' यह लिखने के बजाय हम '$(\exists x).fx.\supset .fa : \sim(\exists x, y).fx.fy$' लिखते हैं।

और '*केवल एक* x, $f(\ )$ का समाधेय है' इस प्रतिज्ञप्ति को '$(\exists x).fx : \sim(\exists x, y).fx.fy$' इस प्रकार लिखा जाएगा।

5.533 इसलिए, तादात्म्य-चिह्न प्रत्ययात्मक संकेत-व्यवस्था का अनिवार्य घटक नहीं होता।

5.534 और अब हम यह जान सकते हैं कि सही प्रत्ययात्मक संकेतन-पद्धति में '$a = a$', '$a = b. b = c. \supset a = c$', '$(x).x = x$', '$(\exists x).x = a$' इत्यादि छद्म प्रतिज्ञप्तियों को लिखा ही नहीं जा सकता।

5.535 इससे छद्म प्रतिज्ञप्ति सम्बन्धी सभी समस्याओं का भी निपटारा हो जाता है। अब रसेल के 'अपरिमित-अभिगृहीत' के कारण उत्पन्न सभी समस्याओं को भी हल किया जा सकता है।

अपरिमित-अभिगृहीत जिसे अभिव्यक्त करना चाहता है वह विभिन्न अर्थों वाले अनेक नामों द्वारा भाषा में अभिव्यक्त हो जाता है।

5.5351 ऐसी विशिष्ट वस्तुस्थितियाँ होती हैं जिनमें हम '$a = a$' या '$p = p$' जैसे आकार वाली अभिव्यक्तियों का प्रयोग करना चाहते हैं। वस्तुत: ऐसा तब होता है जब हम आद्य प्रारूपों का, उदारणार्थ, प्रतिज्ञप्तियों, वस्तुओं इत्यादि का उल्लेख करते हैं। इसलिए, रसेल की *प्रिंसिप्लस ऑव मैथेमैटिक्स* पुस्तक में 'p एक प्रतिज्ञप्ति है' — जो अर्थहीन है — को '$p \supset p$' में अनूदित किया गया था और उसे कुछ प्रतिज्ञप्तियों के सम्मुख एक प्राक्कल्पना के रूप में रखा गया था ताकि उन प्रतिज्ञप्तियों के युक्ति-स्थलों में प्रतिज्ञप्तियों के सिवाय कुछ भी न बचे।

(प्रतिज्ञप्ति की युक्तियों के सही आकार सुनिश्चित करने के लिए उनके सम्मुख '$p \supset p$' इस प्राक्कल्प को रखना निरर्थक है, क्योंकि युक्ति के रूप में अ-प्रतिज्ञप्ति होने पर प्राक्कल्पना असत्य न होकर निरर्थक हो जाती है, और इसका कारण यह है कि गलत ढंग की युक्ति प्रतिज्ञप्ति को ही निरर्थक बना देती है, परिणामस्वरूप उससे जोड़ी गयी वह प्रतिज्ञप्ति भी स्वयं को गलत युक्तियों से उतने ही अच्छे या बुरे ढंग से बचा लेती है जैसे इस प्रयोजन से उसके साथ जोड़ी गयी अर्थहीन प्राक्कल्पना उसे बचाती है)।

5.5352 इसी प्रकार लोगों ने '*वस्तुएँ* नहीं हैं' इस बात को '$\sim(\exists x).x = x$' ऐसा लिखकर अभिव्यक्त करना चाहा है। किन्तु यदि इसे प्रतिज्ञप्ति मान

भी लिया जाए तो भी क्या वह उतनी ही सत्यात्मक नहीं होगी जितनी कि 'वस्तुएँ होती हैं' किन्तु उनका स्वयं से तादात्म्य नहीं होता?

5.54 प्रतिज्ञप्तियाँ अपने सामान्य आकार में अन्य प्रतिज्ञप्तियों के सत्यात्मक प्रक्रियाओं के आधारों के रूप में ही होती हैं।

5.541 प्रथम दृष्ट्या प्रतीत होता है कि कोई प्रतिज्ञप्ति किसी अन्य प्रतिज्ञप्ति में किसी अन्य ढंग से भी रह सकती है।

विशेष रूप से मनोविज्ञान की प्रतिज्ञप्तियों के कुछ आकारों में — उदाहरणार्थ '*A*' का विश्वास यह है कि p नामक स्थिति है' और '*A* को p सूझा', इत्यादि में ऐसा होता है।

सतही तौर पर ऐसा लगता है मानो प्रतिज्ञप्ति p का वस्तु *A* से किसी प्रकार का सम्बन्ध हो।

(और आधुनिक ज्ञानमीमांसा (रसेल, मूअर आदि) में इन प्रतिज्ञप्तियों की रचना इसी ढंग से की गई है।

5.542 फिर भी, यह स्पष्ट है कि '*A* का विश्वास है कि p', '*A* को p सूझा' और '*A* कहता है कि p' इनका "p कहता है कि p" आकार है : और इसमें तथ्य के साथ वस्तु का कोई सम्बन्ध नहीं होता अपितु इसमें तथ्यों की संघटक वस्तुओं के सम्बन्ध के द्वारा तथ्यों का सम्बन्ध होता है।

5.5421 इससे यह भी पता चलता है कि आज का सतही मनोविज्ञान विषय के रूप में आत्मा, इत्यादि जिन वस्तुओं की कल्पना करता है वैसी कोई वस्तु नहीं होती।

वस्तुतः संश्लिष्ट आत्मा, आत्मा होगी ही नहीं।

5.5422 '*A* ने p निर्णय लिया' इस आकार वाली प्रतिज्ञप्ति की सही व्याख्या को अनिवार्यतः यह प्रतिपादित करना चाहिए कि किसी भी निर्णय का निरर्थक होना असम्भव है। (रसेल का सिद्धान्त इस कसौटी पर खरा नहीं उतरता।)

5.5423 संश्लिष्ट वस्तु को समझने का अर्थ है उस वस्तु के संघटकों के पारस्परिक सम्बन्धों को समझना।

निस्संदेह, इससे यह स्पष्ट हो जाता है कि इस आकृति

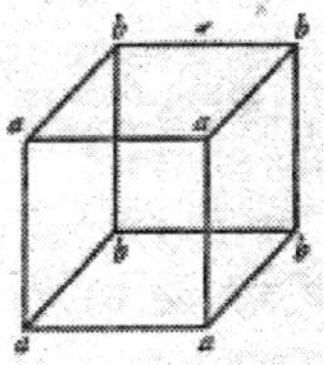

को दो सम्भावित रूपों, घन के रूप में; और इसी प्रकार की अन्य संवृत्तियों के रूप में देखा जा सकता है। क्योंकि हमें वस्तुतः दो भिन्न-भिन्न तथ्य दिखाई देते हैं।

(जब मैं पहले पहल a द्वारा चिह्नित कोनों को देखता हूँ, और b द्वारा चिह्नित कोनों को मात्र सरसरी दृष्टि से देखता हूँ, तो सभी a मुझे b से आगे लगते हैं और *इसके उलट भी*।

5.55 प्राथमिक प्रतिज्ञप्तियों के सभी सम्भावित रूपों से सम्बन्धित प्रश्नों का अब हमें *प्रागनुभविक* उत्तर देना होगा।

प्राथमिक प्रतिज्ञप्तियों में नाम होते हैं। निस्संदेह, जब तक हम विभिन्न अर्थों वाले नामों की संख्या उपलब्ध कराने में असमर्थ होते हैं, तब तक हम तात्त्विक प्रतिज्ञप्तियों के संघटकों को उपलब्ध कराने में भी असमर्थ होते हैं।

5.551 हमारा मूल सिद्धान्त यह है कि जहाँ तक किसी समस्या का समाधान तर्कशास्त्र द्वारा दिया जा सकता है वहाँ तक बिना किसी अन्य कठिनाई के उसका समाधान करना सम्भव होना चाहिए।

(और यदि हमारी स्थिति ऐसी हो जाय कि इस समस्या के समाधान के लिए हमें संसार की ओर देखना पड़े तो समझ लेना चाहिए कि हम बिल्कुल गलत रास्ते पर हैं।)

5.552 तर्कशास्त्र को समझने के लिए जिस 'अनुभव' की आवश्यकता होती है, वह वस्तुओं की इदमित्थं स्थिति के बारे में नहीं होता अपितु वह तो *अस्तित्व* के बारे में होता है: निस्संदेह उसे अनुभव *नहीं* कहा जा सकता।

तर्कशास्त्र प्रत्येक अनुभव — कुछ *होने के* अनुभव — से *पूर्ववर्त्ती* होता है।

वह 'कैसे?' (तकनीकी सम्बन्धी) इस प्रश्न से *पूर्ववर्ती* होता है न कि 'क्या?' (विषय-वस्तु सम्बन्धी) प्रश्न से।

5.5521 और यदि ऐसा नहीं होता तो हम तर्कशास्त्र का प्रयोग ही कैसे कर पाते? हम इसे इस तरह कह सकते हैं : संसार के न होने पर भी यदि तर्कशास्त्र होता तो संसार के होने पर तर्कशास्त्र कैसे हो सकता है?

5.553 रसेल ने कहा कि वस्तुओं (व्यष्टियों) की विभिन्न संख्याओं में सरल सम्बन्ध होते हैं। किन्तु किन संख्याओं में? और इसका निर्णय कैसे किया जाएगा? — अनुभव द्वारा?

(कोई संख्या अभिजात्य नहीं होती।)

5.554 किसी विशिष्ट आकार का उल्लेख करना पूर्णतः यादृच्छिक होगा।

5.5541 किसी वस्तु का द्योतन करने के लिए क्या ऐसा हो सकता है कि मुझे 27 पदों वाले सम्बन्ध के चिह्न की आवश्यकता पड़े। ऐसी मान्यता है कि इस समस्या का *प्रागनुभविक* उत्तर देना सम्भव है।

5.5542 किन्तु क्या इस प्रकार का प्रश्न पूछना भी उचित है? क्या हम किसी चिह्न के अनुरूप विषयवस्तु को जाने बिना उस चिह्न को आकार प्रदान कर सकते हैं?

क्या यह प्रश्न पूछना सार्थक है कि किसी परिस्थिति के लिए अमुक (विषयवस्तु) का *अस्तित्व* होना क्या आवश्यक है?

5.555 स्पष्टतः, प्राथमिक प्रतिज्ञप्तियों का प्रत्यय ऐसा होता है जो उनके विशिष्ट तार्किक आकारों से नितान्त भिन्न है।

किन्तु, प्रतीकों की रचना करने वाली प्रणाली होने पर तर्कशास्त्र में एकल प्रतीकों की बजाय वह प्रणाली महत्त्वपूर्ण हो जाती है।

क्या तर्कशास्त्र में अपने द्वारा ही आविष्कृत आकारों से मेरा वास्ता पड़ना सम्भव है? जिनसे मेरा वास्ता पड़ता है वे अनिवार्यतः ऐसे विषय होते हैं जिनके कारण उनका आविष्कार करना मेरे लिए सम्भव होता है।

5.556 प्राथमिक प्रतिज्ञप्तियों के आकारों का उच्चावच क्रम नहीं हो सकता। हमें केवल उसी का पूर्वज्ञान होता है जिसकी रचना हम स्वयं करते हैं।

5.5561 वस्तुओं की समग्रता अनुभवगत यथार्थता को सीमित कर देती है। यह सीमा प्रतिज्ञप्तियों की समग्रता में भी अभिव्यक्त होती है।

उच्चावच अनुक्रम वास्तविकता से मुक्त होते हैं और उन्हें मुक्त होना भी चाहिए।

5.5562 यदि हम शुद्ध तार्किक आधारों पर यह जानते हैं कि प्राथमिक प्रतिज्ञप्तियाँ होनी चाहियें तो प्रतिज्ञप्तियों को उनके अविश्लेषित आकार में जानने वाले प्रत्येक व्यक्ति को इस बात की जानकारी जरूर होगी।

5.5563 वस्तुतः, हमारी दैनन्दिन भाषा की सभी प्रतिज्ञप्तियाँ अपनी यथास्थिति में सटीक तार्किक अनुक्रम वाली हैं। — जिस अत्यन्त सरल बात को हमें यहाँ लिपिबद्ध करना है वह सत्य का प्रतिरूप नहीं है, अपितु वह तो स्वयं सम्पूर्ण सत्य ही है।

(हमारी समस्याएँ अमूर्त न होकर सम्भवतः पूरी तरह मूर्त हैं।)

5.557 प्राथमिक प्रतिज्ञप्तियों का निर्णय तर्कशास्त्र के *प्रयोग* से होता है। तर्कशास्त्र अपने प्रयोग से सम्बन्धित विषयवस्तु का पूर्वानुमान नहीं लगा सकता।

यह तो स्पष्ट है कि तर्कशास्त्र का अपने प्रयोग से कोई विरोध नहीं होना चाहिए।

किन्तु तर्कशास्त्र का अपने प्रयोग से संपर्क रहना चाहिए।

अतः, तर्कशास्त्र और उसके प्रयोग को अतिव्याप्त नहीं होना चाहिए।

5.5571 यदि मैं *प्रागनुभविक रूप* से प्राथमिक प्रतिज्ञप्तियों के बारे में नहीं बता सकता, तो एतद्विषयक प्रयास पूर्णतः निरर्थक होंगे।

5.6 *भाषा विषयक मेरी सीमाओं* का तात्पर्य है संसार विषयक मेरी सीमाएँ।

5.61 तर्कशास्त्र विश्वव्यापक है, संसार की सीमाएँ उसकी भी सीमाएँ हैं।

इसलिए तर्कशास्त्र में हम यह नहीं कह सकते कि 'संसार में अमुक-अमुक वस्तु है, किन्तु अमुक वस्तु नहीं है।'

क्योंकि इससे ऐसा लगेगा कि हम कतिपय विशेष सम्भावनाओं को अलग कर रहे हैं, पर ऐसा हो नहीं सकता क्योंकि ऐसा करने पर तर्कशास्त्र को संसार की सीमाओं के परे चले जाना पड़ेगा; केवल तभी तर्कशास्त्र उन सीमाओं को सीमापार से भी देख पाएगा।

हम अचिन्त्य का चिन्तन नहीं कर सकते; अतः, जिसका हम चिन्तन नहीं कर सकते उसे हम *कह* भी नहीं सकते।

5.62 इस टिप्पणी से अहंमात्रवाद में कितनी सत्यता है इस प्रश्न की कुंजी मिल जाती है।

क्योंकि अहंमात्रवादी का *अभिप्राय* तो बिल्कुल ठीक है; लेकिन इसे *अभिव्यक्त* नहीं किया जा सकता, वह तो स्वतः दृश्यमान है।

संसार *मेरा* संसार है : यह इस तथ्य से व्यक्त होता है कि *भाषा* (केवल वही भाषा जिसे मैं समझता हूँ) की सीमाओं का अर्थ है *मेरे* संसार की सीमाएँ।

5.621 संसार और जीवन एक हैं।

5.63 मैं ही अपना संसार हूँ। (सूक्ष्म-जगत)

5.631 चिन्तन करने वाला अथवा विचारों का कर्त्ता जैसी कोई वस्तु नहीं होती।

यदि मैं *संसार जैसा मैंने पाया* नामक पुस्तक लिखूँ तो उसमें मुझे अपने शरीर के विवरण को सम्मिलित करना होगा, यह बताना होगा कि कौन से अंग मेरी इच्छा के आधीन हैं और कौन से अंग इच्छा के आधीन नहीं हैं, इत्यादि, यह कर्त्ता को अलग करने का एक ढंग है, बल्कि एक महत्त्वपूर्ण अर्थ में यह प्रदर्शित करने का ढंग है कि कोई कर्त्ता होता ही नहीं; क्योंकि उस पुस्तक में केवल उसी का उल्लेख

नहीं किया जा सकता।

5.632 कर्त्ता का संसार से कोई सम्बन्ध नहीं होता: बल्कि, वह तो संसार का सीमांकन होता है।

5.633 संसार *में* पराभौतिक कर्त्ता का स्थान कहाँ है?

आप कहेंगे कि यह ठीक आँख और दृश्य जगत् जैसी स्थिति है। पर वस्तुतः आप आँख को देखते ही *नहीं*।

और दृश्य-जगत् में कुछ भी ऐसा नहीं होता जिससे आप यह अनुमान लगा सकें कि उसे आँख द्वारा देखा जा रहा है।

5.6331 क्योंकि दृश्य-जगत् का आकार निश्चित रूप से ऐसा नहीं होता।

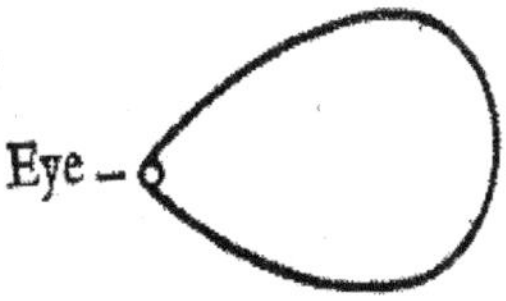

5.634 इसका सम्बन्ध इस तथ्य से है कि हमारे अनुभव का कोई भी भाग *प्रागनुभविक* नहीं होता।

जो कुछ भी हम देखते हैं, वह, उससे भिन्न भी हो सकता है। हम जिसका कोई विवरण भी दे सकते हैं वह उस विवरण से भिन्न भी हो सकता है।

वस्तुओं का कोई *प्रागनुभविक* क्रम नहीं होता।

5.64 अब यह समझा जा सकता है कि अहंमात्रवाद अपने समग्र रूप में शुद्ध वस्तुवाद के सदृश है। अहंमात्रवाद का अहं विस्तारहीन बिन्दु में सिकुड़ जाता है, और उससे जुड़ी वास्तविकता भी वहीं रह जाती है।

5.641 अतः, यह कहना सार्थक है कि अहं के बारे में दर्शनशास्त्र एक गैर-मनोवैज्ञानिक ढंग से विचार-विमर्श कर सकता है।

दर्शनशास्त्र में अहं की प्रविष्टि कराने वाला तथ्य है 'संसार मेरा संसार है।'

दार्शनिक अहम् मनोविज्ञान—विषयक मानव नहीं होता, न ही मानव शरीर या आत्मा होती है, अपितु वह तो पराभौतिक कर्त्ता होता है, जो संसार का सीमान्त होता है — न कि उसका भाग।

6 सत्यात्मक फ़लन का सामान्य आकार $[\bar{p}, \bar{\xi}, N(\bar{\xi})]$ होता है।

यह प्रतिज्ञप्ति का सामान्य आकार है।

6.001 इससे केवल यही पता चलता है कि प्रत्येक प्रतिज्ञप्ति प्राथमिक प्रतिज्ञप्ति पर $N(\bar{\xi})$ प्रक्रिया के क्रमिक प्रयोग का परिणाम होती है।

6.002 प्रतिज्ञप्ति-संरचना के सामान्य आकार उपलब्ध होने पर हमें प्रक्रिया-प्रयोग द्वारा किसी एक प्रतिज्ञप्ति से कोई दूसरी प्रतिज्ञप्ति प्राप्त करने का सामान्य आकार भी उपलब्ध हो जाता है।

6.01 अत:, प्रक्रिया $\Omega'(\bar{\eta})$ का सामान्य आकार है

$$[\bar{\xi}, N(\bar{\xi})]'(\bar{\eta}) \left(=[\bar{\eta}, \bar{\xi}, N(\bar{\xi})]\right)$$

एक प्रतिज्ञप्ति से दूसरी प्रतिज्ञप्ति में परिवर्तन का यह सर्वाधिक सामान्य आकार है।

6.02 और हम इस प्रकार संख्याओं पर पहुँचते हैं। मैं निम्नलिखित परिभाषाएँ देता हूँ।

$$x = \Omega^{0'} x \text{ Def.},$$

$$\Omega'\Omega^{\nu'} x = \Omega^{\nu+1'} x \text{ Def.}$$

अत: चिह्नों से सम्बन्ध रखने वाले इन नियमों के अनुसार हम शृंखला

$$x, \Omega'x, \Omega'\Omega'x, \Omega'\Omega'\Omega'x, \ldots$$

को निम्नलिखित ढंग से लिखते हैं

$$\Omega^{0'}x, \Omega^{0+1'}x, \Omega^{0+1+1'}x, \Omega^{0+1+1+1'}x, \ldots$$

इसीलिए $[x, \xi, \Omega'\xi]$ लिखने के बजाय मैं लिखता हूँ

$$'[\Omega^{0'}x, \Omega^{\nu'}x, \Omega^{\nu+1'}x, x]'$$

और मैं निम्नलिखित परिभाषाएँ देता हूँ:

0+1=1 Def.,

0+1+1=2 Def.,

0+1+1+1=3 Def.,

(इत्यादि-इत्यादि)।

6.021 संख्या प्रक्रिया की प्रतिपादक होती है।

6.022 जो सभी संख्याओं में साझा होता है वही संख्या का प्रत्यय है, वही संख्या का सामान्य आकार है।

संख्या का प्रत्यय चर संख्या होती है।

और संख्यात्मक समानता का प्रत्यय सभी विशिष्ट संख्यात्मक समानताओं की स्थितियों का सामान्य आकार है।

6.03 पूर्णांक का सामान्य आकार $[0, \xi, \xi+1]$ है।

6.031 गणित में वर्ग-सिद्धान्त पूर्णतः अनावश्यक है।

इसका सम्बन्ध इस तथ्य से है कि गणित में अपेक्षित सामान्यता *आकस्मिक* सामान्यता नहीं होती।

6.1 तर्कशास्त्र की प्रतिज्ञप्तियाँ पुनरुक्तियाँ होती हैं।

6.11 इसलिए तर्कशास्त्र की प्रतिज्ञप्तियाँ कुछ भी अभिव्यक्त नहीं करतीं। (वे विश्लेषी प्रतिज्ञप्तियाँ होती हैं।)

6.111 तर्कशास्त्र की प्रतिज्ञप्तियों में विषयवस्तु का आभास कराने वाले सभी सिद्धान्त असत्यतात्मक होते हैं। उदाहरणार्थ, हम यह मान सकते हैं कि 'सत्यात्मक' और 'असत्यात्मक' ये शब्द अन्य गुणों के साथ-साथ दो गुणों को द्योतित करते हैं, और तब यह तथ्य महत्त्वपूर्ण लगेगा कि प्रत्येक प्रतिज्ञप्ति में इनमें से एक गुण होता है। इस सिद्धान्त से यह तो स्पष्ट नहीं होता कि 'सभी गुलाब या तो पीले होते हैं या लाल' जैसी प्रतिज्ञप्ति सत्य होने पर भी स्पष्ट नहीं प्रतीत होती। वस्तुतः तार्किक प्रतिज्ञप्ति प्राकृतिक विज्ञान की प्रतिज्ञप्ति के गुणों को ग्रहण कर लेती है और यह उसकी त्रुटिपूर्ण रचना का निश्चित लक्षण है।

6.112 तर्कशास्त्र की प्रतिज्ञप्तियों की सही व्याख्या उन प्रतिज्ञप्तियों को सभी अन्य प्रतिज्ञप्तियों की तुलना में एक अनुपम स्थान देती है।

6.113 तार्किक प्रतिज्ञप्तियों का विशिष्ट लक्षण यह है कि केवल प्रतीकों से ही उनकी सत्यात्मकता को जाना जा सकता है, और तर्कशास्त्र का सम्पूर्ण दर्शन इस तथ्य में निहित है। और इसलिए यह एक अति महत्त्वपूर्ण तथ्य है कि गैर-तार्किक प्रतिज्ञप्तियों की सत्यात्मकता या असत्यात्मकता केवल उन्हीं प्रतिज्ञप्तियों से *नहीं* जानी जा सकती।

6.12 तर्कशास्त्र की प्रतिज्ञप्तियाँ पुनरुक्तियाँ होती हैं, यह तथ्य भाषा और संसार के आकारिक — तार्किक — गुणों को *दर्शाता* है।

पुनरुक्ति के संघटकों को *इस विशिष्ट ढंग* से जोड़कर उसकी संरचना की जा सकती है, यह तथ्य पुनरुक्ति के संघटकों के तर्क का अभिलक्षण है।

यदि प्रतिज्ञप्तियों को एक विशिष्ट ढंग से संयोजित करने पर पुनरुक्ति प्राप्त होती है, तो उनमें कुछ विशेष संरचनात्मक गुण होने चहिए। अतः, *इस प्रकार से* संयोजित होने पर पुनरुक्ति का प्राप्त

होना यह दर्शाता है कि प्रतिज्ञप्तियों में ये संरचनात्मक गुण होते हैं।

6.1201 उदाहरणार्थ, 'p' और '$\sim p$' प्रतिज्ञप्तियों के '$\sim(p.\sim p)$' संयोजन से 'p' पुनरुक्ति प्राप्त होती हैं, यह तथ्य दर्शाता है कि वे एक दूसरे के व्याघाती हैं। '$p \supset q$', 'p' और 'q' इन प्रतिज्ञप्तियों को '$(p \supset q).(p) :\supset: q$' आकार में संयोजित किए जाने पर पुनरुक्ति प्राप्त होती है, यह तथ्य दर्शाता है कि p और $p \supset q$ से q निगमित होता है। '$(x).fx :\supset: fa$' पुनरुक्ति है यह तथ्य दर्शाता है कि $(x).fx$ से fa निगमित होता है। इत्यादि, इत्यादि।

6.1202 यह स्पष्ट है कि पुनरुक्तियों के स्थान पर व्याघातों के प्रयोग से भी यही उद्देश्य प्राप्त होता है।

6.1203 जिन स्थितियों में कोई सामान्यता-चिह्न न हों उन्हें किसी पुनरुक्ति के रूप में पहचानने के लिए निम्नलिखित अन्तः प्रज्ञात्मक पद्धति का प्रयोग किया जा सकता है : 'p','q','r' इत्यादि के स्थान पर मैं 'T_pF', 'T_qF', T_rF इत्यादि लिखता हूँ। सत्यात्मक संयोजनों को मैं कोष्ठकों के माध्यम से अभिव्यक्त करता हूँ, उदाहरणार्थ

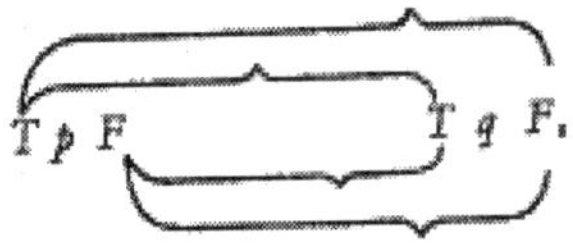

और सम्पूर्ण प्रतिज्ञप्तियों की सत्यात्मकता या असत्यात्मकता से सत्यात्मक युक्तियों के सत्यात्मक संयोजनों के सहसम्बन्धों को अभिव्यक्त करने के लिए मैं निम्नलिखित ढंग से रेखाओं का प्रयोग करता हूँ उदाहरणार्थ

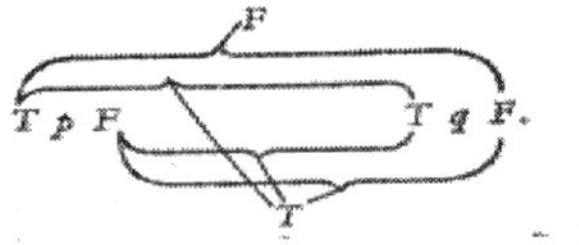

अतः, यह चिह्न उदाहरणार्थ $p \supset q$ प्रतिज्ञप्ति का प्रतिनिधित्व करता है। अब उदाहरण के तौर पर यह जानने के लिए कि $\sim(p.\sim p)$ प्रतिज्ञप्ति (व्याघात का नियम) पुनरुक्ति है या नहीं मैं इस प्रतिज्ञप्ति का परीक्षण करना चाहूँगा। हमारी संकेतन-पद्धति में '$\sim\xi$' आकार

को इस प्रकार लिखा जाता है :

और $\xi.\eta$ को इस प्रकार लिखा जाता है

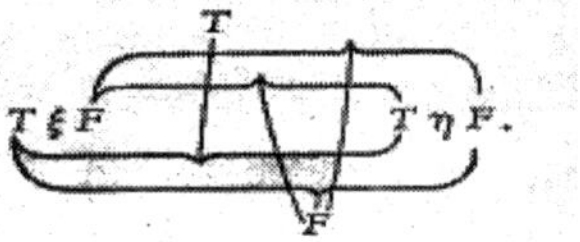

अत:, $\sim(p.\sim q)$ प्रतिज्ञप्ति को निम्न प्रकार से बाँचा जा सकता है।

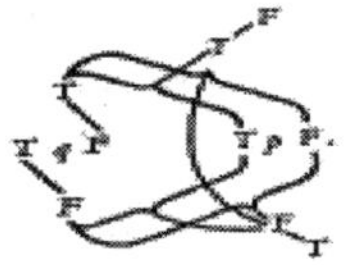

यदि यहाँ पर हम 'p' को 'q' से प्रतिस्थापित करें तो बाह्यतम और अन्तरतम T और F के परस्पर सम्बन्ध का निरीक्षण करने पर हम पायेंगे कि सम्पूर्ण प्रतिज्ञप्ति की सत्यता उसकी युक्ति के *सभी* सत्यात्मक संयोजनों से सम्बन्धित है, और उसकी असत्यात्मकता किसी भी सत्यात्मक संयोजन से सम्बन्धित नहीं है।

6.121 तर्कशास्त्र की प्रतिज्ञप्तियाँ, प्रतिज्ञप्तियों के कुछ भी अभिव्यक्त न करने वाले संयोजनों द्वारा उनके तार्किक गुणों को प्रदर्शित करती हैं। इस पद्धति को शून्य-पद्धति भी कहा जा सकता है। तार्किक प्रतिज्ञप्ति में प्रतिज्ञप्तियों को परस्पर सन्तुलित किया जाता है, सन्तुलन स्थापित होने पर, सन्तुलन की स्थिति उन प्रतिज्ञप्तियों की आदर्श तार्किक संरचना को इंगित करती है।

6.122 इससे यह पता चलता है कि वस्तुत: हमारा काम तार्किक प्रतिज्ञप्तियों के बिना भी चल सकता है; क्योंकि किसी उपयुक्त संकेतन-पद्धति में हम स्वयं प्रतिज्ञप्तियों के निरीक्षण मात्र से ही उन प्रतिज्ञप्तियों के आकारिक गुणों को वस्तुत: पहचान जाते हैं।

6.1221 उदाहरणार्थ, 'p' और 'q' के '$p \supset q$' संयोजन से यदि हमें पुनरुक्ति प्राप्त होती है तो यह स्पष्ट हो जाता है कि प्रतिज्ञप्ति q, p से निगमित होती है।

उदाहरणार्थ, स्वयं दो प्रतिज्ञप्तियों से ही हम जान जाते हैं कि '$p \supset q . p$' से 'q' निगमित होती है, किन्तु इसे इस प्रकार भी सिद्ध किया जा सकता है : हम उन्हें '$p \supset q . p : \supset : q$' इस आकार में संयोजित करते हैं, और फिर यह सिद्ध करते हैं कि यह एक पुनरुक्ति है।

6.1222 इससे यह पता चलता है कि तार्किक प्रतिज्ञप्तियों की पुष्टि, उनके खण्डन के समान, अनुभव द्वारा क्यों नहीं की जा सकती। तर्कशास्त्र की प्रतिज्ञप्तियाँ सम्भावित अनुभव द्वारा न तो खंडित होती हैं और न ही वे उससे पुष्ट की जा सकती हैं।

6.1223 अब यह स्पष्ट हो जाता है कि बहुधा लोग ऐसा क्यों मानते हैं कि 'तर्कशास्त्र के सत्यों' की *धारणा* बनाना हमारा कार्य है। इसका कारण यह है कि किसी उपयुक्त संकेतन-पद्धति की धारणा में ही हम उनकी धारणा बना सकते हैं।

6.1224 अब यह भी स्पष्ट हो जाता है कि तर्कशास्त्र को आकार और अनुमान का सिद्धान्त क्यों कहा जाता था।

6.123 निस्संदेह तर्कशास्त्र के नियम स्वयं तर्कशास्त्र के नियमों के आधीन नहीं हो सकते।

(रसेल के अनुसार प्रत्येक 'प्रारूप' के लिए व्याघात का एक विशेष नियम होता है, किन्तु ऐसा नहीं है; एक नियम ही पर्याप्त है, क्योंकि वह अपने आप पर लागू नहीं होता।)

6.1231 सामान्य वैधता तार्किक प्रतिज्ञप्ति की पहचान *नहीं* है।

सामान्य का अर्थ इससे अधिक कुछ नहीं है कि वह अनायास सभी वस्तुओं के लिए वैध है। कोई असामान्य प्रतिज्ञप्ति, किसी सामान्य प्रतिज्ञप्ति के समान, पुनरुक्ति भी हो सकती है।

6.1232 'सभी मनुष्य मरणधर्मा हैं' जैसी प्रतिज्ञप्तियों की आकस्मिक सामान्य वैधता की तुलना में, तर्कशास्त्र की सामान्य वैधता को अनिवार्य कहा जा सकता है। रसेल द्वारा प्रतिपादित 'स्वयं सिद्ध-अपचेयता-सिद्धान्त' जैसी प्रतिज्ञप्तियाँ तार्किक प्रतिज्ञप्तियाँ नहीं हैं, इससे हमारे इस मत की व्याख्या भी हो जाती है कि उन जैसी प्रतिज्ञप्तियों के सत्यात्मक होने पर भी उनकी सत्यात्मकता एक शुभ संयोग का परिणाम मात्र है।

6.1233 एक ऐसे संसार की कल्पना करना सम्भव है जिसमें स्वयं सिद्ध अपचेयता सिद्धान्त वैध नहीं होता। फिर भी यह स्पष्ट है कि तर्कशास्त्र का इस प्रश्न से कोई सम्बन्ध नहीं है कि हमारा संसार वस्तुत: वैसा है या नहीं।

6.124 तर्कशास्त्र की प्रतिज्ञप्तियाँ संसार के ढाँचे का विवरण प्रदान करती हैं, या फिर वे उसका प्रतिनिधित्व करती हैं। उनकी कोई 'विषयवस्तु' नहीं होती। वे यह मानकर चलती हैं कि नामों के अर्थ होते हैं, और प्राथमिक प्रतिज्ञप्तियाँ सार्थक होती हैं; और संसार से उनका यही सम्बन्ध होता है। निस्सन्देह, संसार के बारे में कोई बात इस तथ्य से इंगित होती है कि निर्धारित गुणों वाले कुछ संयोजन पुनरुक्तियाँ होती हैं। यह एक निर्णायक बात है। हम कह चुके हैं कि हमारे द्वारा प्रयुक्त प्रतीकों में कुछ बातें यादृच्छिक होती हैं, और कुछ बातें यादृच्छिक नहीं होतीं। तर्कशास्त्र में अन्त्योक्त ही अभिव्यक्त करने वाली होती हैं : किन्तु इसका अर्थ है कि तर्कशास्त्र कोई ऐसा विषय नहीं है जिसमें हम इच्छानुसार अपनी बात को प्रतीकों द्वारा अभिव्यक्त करते हैं; अपितु तर्कशास्त्र एक ऐसा विषय है जिसमें सर्वथा अनिवार्य प्रतीक स्वयं बोलते हैं। किसी भी प्रतीक–भाषा के तार्किक वाक्यविन्यास को जानने पर तर्कशास्त्र की सभी प्रतिज्ञप्तियाँ हमें उपलब्ध हो जाती हैं।

6.125 सभी 'सत्यात्मक' तार्किक प्रतिज्ञप्तियों का अग्रिम विवरण देना सम्भव है, यह बात तर्कशास्त्र की प्राचीन अवधारणा पर भी निश्चित रूप से लागू होती है।

6.1251 अत:, तर्कशास्त्र में *कभी कुछ भी* अप्रत्याशित *नहीं* हो सकता।

6.126 *प्रतीक* के तार्किक गुणों की संगणना द्वारा यह पता लगाया जा सकता है कि कोई प्रतिज्ञप्ति तर्कशास्त्र से सम्बन्धित है या नहीं।

और तार्किक प्रतिज्ञप्ति को 'सिद्ध' करते समय हम यही करते हैं। क्योंकि भाव या अर्थ की परवाह किए बिना हम दूसरी प्रतिज्ञप्तियों से केवल *चिह्नों से सम्बन्धित नियमों* का प्रयोग करके तार्किक प्रतिज्ञप्ति की रचना करते हैं।

तार्किक प्रतिज्ञप्ति की उपपत्ति निम्नलिखित प्रक्रिया में निहित है : तार्किक प्रतिज्ञप्तियों पर मूल पुनरुक्तियों से अन्य पुनरुक्तियाँ प्राप्त कराने वाली विशिष्ट प्रक्रियाएँ क्रमिक रूप से लागू करके हम अन्य तार्किक प्रतिज्ञप्तियाँ बनाते हैं। (और वस्तुत: पुनरुक्ति से केवल पुनरुक्तियाँ ही *निगमित* होती हैं।)

तर्कशास्त्र की प्रतिज्ञप्तियों को पुनरुक्ति के रूप में प्रदर्शित करने का यह ढंग निस्संदेह तर्कशास्त्र में आवश्यक नहीं है, क्योंकि उपपत्ति की प्रारंभिक प्रतिज्ञप्तियों को, किसी प्रमाण के बिना, यह प्रदर्शित करना अनिवार्य है कि वे पुनरुक्तियाँ हैं।

6.1261 तर्कशास्त्र में प्रक्रिया और परिणाम बराबर हैं। (इसलिए उसमें अप्रत्याशित्व का अभाव होता है)

6.1262 तर्कशास्त्र में प्रमाण तो संश्लिष्ट वस्तुस्थितयों में पुनरुक्ति को पहचानने का सहायक रीतितन्त्र ही है।

6.1263 वस्तुतः सार्थक प्रतिज्ञप्ति का अन्य प्रतिज्ञप्तियों द्वारा *तार्किक रूप से* सिद्ध किया जाना, और *इसी प्रकार* किसी तार्किक प्रतिज्ञप्ति का भी सिद्ध किया जाना, एक महत्त्वपूर्ण घटना होगी। प्रारम्भ से ही यह स्पष्ट है कि सार्थक प्रतिज्ञप्ति का प्रमाण और तर्कशास्त्र में प्रमाण अनविार्यतः दो सर्वथा भिन्न बातें हैं।

6.1264 सार्थक प्रतिज्ञप्ति अपनी उपपत्ति द्वारा स्थापित बात को अभिव्यक्त करती है। तर्कशास्त्र में प्रत्येक प्रतिज्ञप्ति उपपत्ति के रूप में होती है। तर्कशास्त्र की प्रत्येक प्रतिज्ञप्ति चिह्नों द्वारा प्रतिनिहित *विधि-वध्यात्मक हेतुफलानुमान* (मोडेस पोनेन्स) होती है। (पर *विधि-वध्यात्मक हेतुफलानुमान* को प्रतिज्ञप्ति द्वारा अभिव्यक्त नहीं किया जा सकता।)

6.1265 तर्कशास्त्र का ऐसा अन्वय सदैव संभव है जिसमें प्रत्येक प्रतिज्ञप्ति स्वयं अपना प्रमाण हो।

6.127 तर्कशास्त्र की सभी प्रतिज्ञप्तियाँ समान रूप से महत्त्वपूर्ण होती हैं : ऐसा नहीं होता कि उनमें से कुछ अनिवार्यतः मूल प्रतिज्ञप्तियाँ होती हों और शेष निगमित प्रतिज्ञप्तियाँ।

प्रत्येक पुनरुक्ति स्वयं यह दर्शाती है कि वह एक पुनरुक्ति है।

6.1271 यह तो स्पष्ट है कि 'तर्कशास्त्र की मूल प्रतिज्ञप्तियों' की संख्या यादृच्छिक है; क्योंकि केवल एक मूल प्रतिज्ञप्ति से तर्कशास्त्र की व्युत्पत्ति सम्भव है; उदाहरणार्थ, फ्रे़गे द्वारा दी गयी मूल प्रतिज्ञप्तियों के तार्किक गुणनफल की रचना द्वारा। (सम्भवतः इस पर फ्रे़गे कहें कि तब हमें तत्काल स्वयं सिद्ध मूल प्रतिज्ञप्ति की आवश्यकता ही नहीं होगी। किन्तु यह महत्त्वपूर्ण है कि फ्रे़गे जैसा उत्कृट विचारक तार्किक प्रतिज्ञप्ति की कसौटी के रूप में स्वयंसिद्धि की कोटि को मान्यता देता है।)

6.13 तर्कशास्त्र सिद्धान्तों का समूह नहीं है, अपितु वह तो संसार का प्रतिबिम्ब है।

तर्कशास्त्र अलौकिक है।

6.2 गणित तार्किक पद्धति है।

गणित की प्रतिज्ञप्तियाँ समीकरण होती हैं, और इसीलिए वे छद्म-प्रतिज्ञप्तियाँ होती हैं।

6.21 गणित की प्रतिज्ञप्ति किसी विचार को अभिव्यक्त नहीं करती।

6.211 सच तो यह है कि वास्तविक जीवन में हमें कभी भी गणितीय प्रतिज्ञप्ति की आवश्यकता नहीं होती। अपितु, हम गणितीय प्रतिज्ञप्तियों का प्रयोग *केवल* उन अनुमानों में करते हैं जिनमें हम गणित से असम्बद्ध प्रतिज्ञप्तियों से ऐसी अन्य प्रतिज्ञप्तियों की अनुमिति करते हैं जो उनके समान गणित से असम्बद्ध होती हैं।

('हम इस शब्द को या इस प्रतिज्ञप्ति को वास्तव में किस लिए प्रयोग में लाते हैं', दर्शनशास्त्र में इस प्रश्न से हमें अकसर मूल्यवान अन्तर्दृष्टि प्राप्त होती है।)

6.22 संसार के जिस तर्क को तर्कशास्त्र की प्रतिज्ञप्तियों द्वारा पुनरुक्तियों में प्रदर्शित किया जाता है उसी तर्क को गणित द्वारा समीकरणों में प्रदर्शित किया जाता है।

6.23 जब दो अभिव्यक्तियों को समानता के चिह्न द्वारा संयोजित किया जाता है तो उसका अर्थ होता है कि उन्हें परस्पर प्रतिस्थापित किया जा सकता है। किन्तु ऐसा है या नहीं यह स्वयं उन दोनों अभिव्यक्तियों से स्पष्ट होना चाहिए।

जब दो अभिव्यक्तियाँ परस्पर प्रतिस्थापित की जा सकती हैं तो इससे उनके तार्किक आकार का पता चलता है।

6.231 पुष्टि का यह गुण है कि उसका दो निषेधों के रूप में अन्वय किया जा सकता है।

'1+1+1+1' का यह गुण है कि उसका अन्वय '(1+1)+(1+1)' के रूप में किया जा सकता है।

6.232 फ़्रेगे कहता है कि दोनों अभिव्यक्तियों का अर्थ तो एक ही है पर उनके भाव भिन्न-भिन्न हैं।

किन्तु यह सिद्ध करने के लिए कि समीकरण के चिह्न द्वारा संयोजित दोनों अभिव्यक्तियों का एक ही अर्थ है, समीकरण की आवश्यकता ही नहीं होती क्योंकि उन अभिव्यक्तियों के एक समान अर्थ होने का पता स्वयं उन अभिव्यक्तियों से ही चल जाता है।

6.2321 और गणितीय प्रतिज्ञप्तियों को सिद्ध करने की सम्भावना का केवल

यही अर्थ है कि उनके औचित्य की जानकारी के लिए यह आवश्यक नहीं कि हम उन प्रतिज्ञप्तियों द्वारा अभिव्यक्त विषयवस्तु की तुलना तथ्यों से करें।

6.2322 *दो अभिव्यक्तियों के अर्थों के तादात्म्य की पुष्टि करना असम्भव है। क्योंकि उनके अर्थ के बारे में दृढ़ता से कुछ भी कह पाने के लिए मुझे उनके अर्थ का ज्ञान होना चाहिए, और यह जाने बिना कि उनका एक ही अर्थ है या भिन्न अर्थ हैं, मुझे उनके अर्थ का ज्ञान नहीं हो सकता।*

6.2323 समीकरण केवल उस दृष्टिकोण को इंगित करता है जिससे हम दोनों अभिव्यक्तियों पर विचार करते हैं : वह उनके अर्थों की समतुल्यता को इंगित करता है।

6.233 गणितीय समस्याओं के समाधान के लिए अन्त:प्रज्ञा की आवश्यकता होती है या नहीं, इस प्रश्न का उत्तर यही है कि गणितीय समस्याओं के समाधान के लिए स्वयं भाषा ही आवश्यक अन्त:प्रज्ञा मुहैया करवाती है।

6.2331 *गणना करने* की प्रक्रिया उस अन्त:प्रज्ञा को उत्पन्न करने में सहायक होती है।

गणना करना कोई प्रयोग नहीं है।

6.234 गणित, तर्कशास्त्र की एक पद्धति है।

6.2341 समीकरणों का उपकरण गणितीय पद्धति का एक आवश्यक गुण है। इसी पद्धति के कारण गणित की प्रत्येक प्रतिज्ञप्ति कुछ भी अभिव्यक्त नहीं कर सकती।

6.24 जिस पद्धति द्वारा गणित अपने समीकरणों पर पहुँचता है वह प्रतिस्थापन-पद्धति है।

क्योंकि समीकरण दो अभिव्यक्तियों के प्रतिस्थापन को अभिव्यक्त करता है, और समीकरणों की संख्या से आरम्भ करके, समीकरणों के अनुसार भिन्न अभिव्यक्तियों को प्रतिस्थापित करते हुए हम नए समीकरणों पर पहुँचते हैं।

6.241 अत: $2 \times 2 = 4$ इसकी निम्नलिखित उपपत्ति इस प्रकार होती है :

$$(\Omega^{\nu})^{\mu'} x = \Omega^{\nu \times \mu'} x \text{ Def.},$$

$$\Omega^{2 \times 2'} x = (\Omega^2)^{2'} x = (\Omega^2)^{1+1'} x$$

$$= \Omega^{2'} \Omega^{2'} x = \Omega^{1+1'} \Omega^{1+1'} x = (\Omega'\Omega)'(\Omega'\Omega)' x$$

$$= \Omega'\Omega'\Omega'\Omega' x = \Omega^{1+1+1+1'} x = \Omega^{4'} x.$$

6.3 तर्कशास्त्र में गवेषणा का अर्थ है *प्रत्येक नियमाधीन वस्तु-विषय* की गवेषणा। तर्कशास्त्र से बाहर सब कुछ अनायास है।

6.31 तथाकथित आगमन-सिद्धान्त संभवतः तर्कशास्त्र का नियम नहीं हो सकता, क्योंकि वह स्पष्टतया एक सार्थक प्रतिज्ञप्ति है। - इसलिए वह *प्रागनुभविक* नियम भी नहीं हो सकता।

6.32 कार्य-कारण सिद्धान्त, सिद्धान्त न होकर सिद्धान्त का एक आकार है।

6.321 'कार्य-कारण सिद्धान्त' — यह एक सामान्य नाम है। और उदाहरणार्थ, जिस प्रकार यान्त्रिकी में न्यूनतम क्रिया सिद्धान्त जैसे 'न्यूनतम-सिद्धान्त' होते हैं उसी प्रकार भौतिकी में भी कार्य-कारण सिद्धान्त, कारणता-आकार सिद्धान्त जैसे सिद्धान्त होते हैं।

6.3211 वस्तुतः, 'न्यूनतम क्रिया-सिद्धान्त' का पूर्णतः ज्ञान होने से पहले लोगों का यह अनुमान ही था कि 'न्यूनतम क्रिया-सिद्धान्त' होना चाहिए। (हमेशा की तरह यहाँ भी जो *प्रागनुभविक* रूप से निश्चित है वही पूर्णतः तार्किक रूप से सिद्ध हुआ)।

6.33 संरक्षण सिद्धान्त में हमें *प्रागनुभविक विश्वास* नहीं होता, अपितु तार्किक आकार की सम्भावना का *प्रागनुभविक* ज्ञान होता है।

6.34 पर्याप्त-कारण-सिद्धान्त, प्रकृति में निरन्तरता-सिद्धान्त और प्रकृति में न्यूनतम-प्रयास-सिद्धान्त, इत्यादि, इत्यादि समेत ऐसी सभी प्रतिज्ञप्तियाँ उन आकारों के बारे में *प्रागनुभाविक* अन्तर्दृष्टियाँ हैं जिनमें विज्ञान की प्रतिज्ञप्तियों को ढाला जा सकता है।

6.341 उदाहरणार्थ, न्यूटन द्वारा प्रतिपादित यान्त्रिकी संसार के विवरण पर एकीकृत आकार थोपती है। एक ऐसी सफ़ेद सतह की कल्पना करें जिस पर काले धब्बे छितरे हों। तब हम कहते हैं कि वे चाहे जैसा भी चित्र बनाते हों, मैं उस सतह को यथेष्ट महीन वर्गाकार छेदों वाली जाली से ढककर, उसका अपनी इच्छानुसार यह कहते हुए कि कौन सा वर्ग सफ़ेद है और कौन सा काला, सूक्ष्म वर्णन कर सकता हूँ। इस प्रकार, मैं उस सतह के विवरण पर एकीकृत आकार थोपता हूँ। यह आकार वैकल्पिक है; क्योंकि किसी त्रिभुजाकार या षड्भुजाकार छेदों वाली जाली के प्रयोग से भी यही परिणाम प्राप्त होता है। त्रिभुजाकार छेदों वाली जाली के प्रयोग से संभवतः यह विवरण आसान हो जाता: अर्थात त्रिभुजाकार मोटे छेदों वाली जाली के प्रयोग से, दिया जाने वाला सतह का विवरण महीन वर्गाकार छेदों वाली जाली के प्रयोग से दिए जाने वाले विवरण से कहीं अधिक सूक्ष्म हो सकता है (अथवा

इसके उलट भी) और यथावत। भिन्न-भिन्न जालियाँ, संसार के विवरण के लिए प्रयुक्त भिन्न-भिन्न प्रणालियों के अनुरूप हैं। संसार के विवरण के एक रूप को यान्त्रिकी यह कहते हुए निर्धारित करती है कि उसके लिए प्रयुक्त सभी प्रतिज्ञप्तियों को स्वयं-सिद्ध यान्त्रिकी सिद्धान्तों — सुनिश्चित प्रदत्त प्रतिज्ञप्तियों द्वारा प्रदत्त पद्धति से प्राप्त किया जाना चाहिए। इस प्रकार यह विज्ञान के भवन को बनाने के लिए इंटें उपलब्ध कराता है और कहता है, 'आप जो भी और जैसे भी भवन का निर्माण करना चाहें करें, किन्तु आपको यही और केवल यही ईटें प्रयोग में लानी होंगी।'

(जिस प्रकार अंक-प्रणाली में हम इच्छानुसार संख्या लिख सकते हैं उसी प्रकार यान्त्रिकी-प्रणाली में भी हम इच्छानुसार भौतिकी की प्रतिज्ञप्तियाँ लिख सकते हैं।)

6.342 अब हम तर्कशास्त्र और यान्त्रिकी की तुलनात्मक स्थिति को समझ सकते हैं। (जाल में एक से अधिक प्रकार के छिद्र भी हो सकते हैं: उदाहरणार्थ, हम तिकोने और षड्भुजाकार दोनों प्रकार के छिद्रों का प्रयोग कर सकते हैं।) उपलब्ध छिद्र आकार के जाल द्वारा उपर्युक्त चित्र के वर्णन की सम्भावना से हमें चित्र के बारे में कुछ भी पता *नहीं* चलता। क्योंकि ऐसे सभी चित्रों के बारे में वह विवरण सत्य है।) किन्तु चित्र का गुण यही है कि किसी विशिष्ट आकार के छिद्रों वाली विशिष्ट जाली द्वारा उसका सम्पूर्ण विवरण दिया जा सकता है।

इसी प्रकार न्यूटन द्वारा प्रतिपादित यान्त्रिकी सिद्धान्तों द्वारा संसार का विवरण दिये जाने की सम्भावना से हमें संसार के बारे में कुछ भी पता नहीं चलता : किन्तु इन सिद्धान्तों की सहायता से संसार का सूक्ष्म विवरण देना जिस *ढंग* से सम्भव होता है उससे संसार के बारे में कुछ पता चलता है। यान्त्रिकी की किन्हीं दो प्रणालियों में से संसार का विवरण किसी एक प्रणाली द्वारा अधिक सुगमता से दिया जा सकता है, इस तथ्य से भी संसार के बारे में कुछ पता चलता है।

6.343 संसार के विवरण के लिए आवश्यक सभी *सत्यात्मक* प्रतिज्ञप्तियों का योजनाबद्ध संरचना-प्रयास ही यान्त्रिकी है।

6.3431 अपने सकल तार्किक उपकरणों के साथ भौतिकी के नियम परोक्ष रूप से ही सही अन्ततः संसार के पदार्थों का उल्लेख करते हैं।

6.3432 हमें यह कदापि नहीं भूलना चाहिए कि यान्त्रिकी द्वारा प्रदत्त संसार का कोई भी विवरण पूर्णतः सामान्य प्रकार का होगा। उदाहरणार्थ,

वह किन्हीं *विशिष्ट* बिन्दु-द्रव्यमानों का उल्लेख कदापि नहीं करेगा, वह सामान्य *बिन्दु-द्रव्यमानों* का ही उल्लेख करेगा।

6.35 यद्यपि हमारे चित्र में विद्यमान धब्बे किसी न किसी ज्यामितीय आकार के हैं, फिर भी यह स्पष्ट है कि ज्यामिति उनके वास्तविक आकार और स्थान के बारे में कुछ भी नहीं बता सकती। बेशक, जाल *पूर्णतः* ज्यामितीय है : उसके सभी गुणों को *प्रागनुभविक* रूप से वर्णित किया जा सकता है।

पर्याप्त-कार्य-कारण सिद्धान्त, इत्यादि जैसे नियम जाल के बारे में हैं, न कि जाल द्वारा वर्णित विषयवस्तु के बारे में।

6.36 यदि कार्य-कारण सिद्धान्त होता तो उसे निम्नलिखित ढंग से प्रस्तुत किया जा सकता था : प्रकृति के नियम होते हैं।

किन्तु सच तो यह है कि ऐसा नहीं कहा जा सकता : वह स्वयं को प्रकाशित करता है।

6.361 हर्टज़ की शब्दावली का प्रयोग करते हुए कहा जा सकता है कि केवल *नियमाधीन सम्बन्ध ही कल्पनीय होते हैं।*

6.3611 हम प्रक्रिया की तुलना 'समय की गति' से नहीं कर सकते — ऐसी कोई चीज़ होती ही नहीं, अपितु हम प्रक्रिया की तुलना किसी अन्य प्रक्रिया से (जैसे कि घड़ी की कार्यप्रणाली से) कर सकते हैं।'

अतः, हम समय के बीतने का विवरण केवल किसी अन्य प्रक्रिया की सहायता से ही दे सकते हैं।

दिक् पर भी बिल्कुल यही बात लागू होती है : उदाहरणार्थ, जब लोग कहते हैं कि (एक दूसरे की विरोधी) दो घटनाओं में से कोई भी घट नहीं सकती, क्योंकि किसी एक या दूसरे के घटने का *कोई भी कारण नहीं है,* तो उन दो घटनाओं में किसी प्रकार की विषमता के अभाव में यह उनमें से किसी *एक* का विवरण दे पाने की हमारी अक्षमता ही है। और यदि ऐसी विषमता पायी जाती है तो हम उसे एक घटना के घटने और दूसरी घटना के न घटने का *कारण* मान सकते हैं।

6.36111 दाएँ और बाएँ हाथ के सम्पाती न होने के बारे में काण्ट की समस्या द्विविम में भी होती है। वस्तुतः यह समस्या ऐसे एकल—विम में भी होती है जिसमें दो सर्वांगसम आकृतियाँ a और b

को अपने स्थान से हिलाये बिना सम्पाती नहीं बनाया जा सकता।

दायाँ और बायाँ हाथ वस्तुतः पूरी तरह सर्वांगसम होते हैं। उनका सम्पाती न हो सकना पूर्णतः अप्रासंगिक है।

चतुर्विम दिक् में यदि दस्तानों को पलटा जा सकता तो दाएँ हाथ का दस्ताना बाएँ हाथ में पहना जा सकता है।

6.362 जिसका वर्णन किया जा सकता है वह घटित भी हो सकता है : और कार्य-कारण सिद्धान्त से बाह्य विषय का वर्णन भी नहीं किया जा सकता।

6.363 हमारे अनुभवों के अनुकूल *सरलतम* सिद्धान्तों को सत्यात्मक मानना आगमन-प्रक्रिया का अंग है।

6.3631 निस्संदेह, इस प्रक्रिया का कोई तार्किक औचित्य न होकर केवल मनोवैज्ञानिक औचित्य है।

यह स्पष्ट है कि इस विश्वास का कोई आधार नहीं है कि सामान्य से सामान्य घटना वस्तुतः घटित होगी।

6.36311 सूर्य कल उदित होगा, यह एक प्राक्कल्पना है : और इसका अर्थ है कि हम यह नहीं *जानते* कि वह उदित होगा कि नहीं।

6.37 यह अनिवार्य नहीं कि एक घटना घटित हुई है इसलिए दूसरी घटना घटित होगी ही। एक ही अनिवार्यता का अस्तित्व है, और वह अनिवार्यता है *तार्किक* अनिवार्यता।

6.371 संसार की सम्पूर्ण आधुनिक अवधारणा इस भ्रान्ति पर टिकी है कि तथाकथित प्रकृति के नियमों द्वारा प्राकृतिक संवृत्तियों की व्याख्या दी जा सकती है।

6.372 अतः, प्राचीन युग में ईश्वर और नियति के समान, आधुनिक लोग प्रकृति के सिद्धान्तों को अलंघ्य समझकर इन नियमों को सब कुछ मान लेते हैं।

वस्तुतः दोनों ही ठीक हैं और दोनों ही गलत हैं: यद्यपि हमारे पूर्वजों द्वारा स्वीकृत सुस्पष्ट लक्ष्य, आधुनिक लोगों से कहीं अधिक स्पष्ट है, क्योंकि आधुनिक प्रणाली यह आभास देने की कोशिश करती है कि मानो *प्रत्येक विषय* की व्याख्या दे दी गयी हो।

6.373 संसार मेरे संकल्प से स्वतन्त्र है।

6.374 हमारी इच्छानुसार सब कुछ होना भी मानो नियति द्वारा प्रदत्त वरदान ही है : क्योंकि संकल्प और संसार में कोई ऐसा *तार्किक* सम्बन्ध नहीं है जो उनके होने की गारंटी दे, और जिसे हम भौतिक सम्बन्ध कहते हैं, उसकी इच्छा शायद हम नहीं करते।

6.375 जिस प्रकार केवल एक ही अनिवार्यता का अस्तित्व है, और वह अनिवार्यता है *तार्किक* अनिवार्यता, उसी प्रकार केवल एक ही

असम्भावना का अस्तित्व है और वह है *तार्किक* असम्भावना।

6.3751 उदाहरणार्थ, एक ही दृश्य-क्षेत्र में दो रंगों का एक साथ होना असम्भव, तथ्यतः तार्किक रूप से असम्भव है, क्योंकि रंग की तार्किक संरचना उसकी आज्ञा नहीं देती।

आइए, विचार करते हैं कि भौतिक-शास्त्र में यह विरोधाभास कैसे होता है : कमोबेश इस तरह - एक ही समय पर किसी कण की दो गतियाँ नहीं हो सकतीं, अर्थात वह एक ही समय पर दो स्थानों पर नहीं हो सकता; अर्थात, एक ही समय पर भिन्न स्थानों पर पाए जाने वाले कणों में तादात्म्य नहीं हो सकता।

(यह तो स्पष्ट है कि दो प्राथमिक प्रतिज्ञप्तियों का तार्किक गुणनफल, न तो पुनरुक्ति हो सकती है और न ही व्याघात। यह कथन कि दृश्यक्षेत्र के किसी बिन्दु के एक ही समय पर, दो भिन्न रंग होते हैं व्याघाती है।)

6.4 सभी प्रतिज्ञप्तियों का समान महत्त्व है।

6.41 संसार की सार्थकता संसार से बाहर निहित होनी चाहिए। संसार में सब कुछ यथावत् है, और जो होना है वह होता है: उसमें कोई मूल्य नहीं होता और यदि कोई मूल्य होता भी है तो उसका कोई मूल्य नहीं होता।

यदि किसी मूल्य का मूल्य है तो उसे अनिवार्यतः जो कुछ घटित होता है, और जो वस्तुस्थिति है, उससे बाहर होना चाहिए। क्योंकि घटनाक्रम और स्थितिक्रम अनपेक्षित हैं।

क्योंकि उसे अपेक्षित बनाने वाला संसार के *भीतर* नहीं हो सकता, क्योंकि यदि वह संसार के भीतर होता है तो वह स्वयं भी अनपेक्षित ही होगा। उसे अनिवार्यतः संसार के बाहर ही निहित होना चाहिए।

6.42 इसी तरह नीतिशास्त्र की प्रतिज्ञप्तियों का होना भी असम्भव है।

प्रतिज्ञप्तियाँ किसी भी ऐसी विषयवस्तु को अभिव्यक्त नहीं कर सकतीं जो उच्च है।

6.421 यह स्पष्ट है कि नीतिशास्त्र को शब्दों के द्वारा अभिव्यक्त नहीं किया जा सकता।

नीतिशास्त्र अलौकिक है।

(नीतिशास्त्र और सौन्दर्यशास्त्र एक-दूसरे से अनतिरिक्त हैं।)

6.422 'आप . . . . करेंगें' जब ऐसे विधिवाक्यों के आकार वाला नैतिक सिद्धान्त बनाया जाता है, तो हम यकायक सोचते हैं 'यदि मैं ऐसा न करूँ तो क्या होगा?' बेशक यह स्पष्ट है कि नीतिशास्त्र का दंड और प्रतिफल के सामान्य अर्थ में दण्ड और प्रतिफल से कोई

सम्बन्ध नहीं है। अत: *कर्मफल* के बारे में हमारे प्रश्न अनिवार्यत: महत्त्वहीन होने चाहिए। – ये कर्मफल कोई घटना तो नहीं हो सकते। क्योंकि हमारे द्वारा उठाए गए प्रश्नों में कुछ तो सही होना चाहिए। वस्तुत: किसी प्रकार का नैतिक प्रतिफल और नैतिक दण्ड अवश्य होना चाहिए, किन्तु उन्हें अनिवार्यत: कर्म में ही निहित होना चाहिए। (और यह भी स्पष्ट है कि पुरस्कार को सुखद और दण्ड को दु:खद होना चाहिए)

6.423 जब तक संकल्प नैतिक गुणों का विषय है तब तक हम संकल्प के बारे में बात नहीं कर सकते।

और घटना के रूप में संकल्प केवल मनोविज्ञान का विषय है।

6.43 यदि शुभ या अशुभ संकल्प के आचरण से संसार परिवर्तित होता भी है तो भी वह संसार की सीमाओं को ही परिवर्तित करता है, तथ्यों को नहीं – उसको नहीं जिसे भाषा अभिव्यक्त कर सकती है। संक्षेप में कहें तो इसके परिणाम स्वरूप संसार को पूर्णत: बदल जाना चाहिए। मानो वह पूरी तरह घटता-बढ़ता हो।

सुखी व्यक्ति का संसार दु:खी व्यक्ति के संसार से भिन्न होता है।

6.431 इसी प्रकार मृत्यु से संसार परिवर्तित नहीं होता अपितु समाप्त ही हो जाता है।

6.4311 मृत्यु जीवन की घटना नहीं है: मृत्यु का अनुभव करने के लिए हम जीवित नहीं रहते।

यदि हम अमरता को अनन्त कालावधि न समझकर कालाभाव समझें तो शाश्वत जीवन वर्तमान में जीने वाले व्यक्तियों के लिए होगा। जिस प्रकार हमारे गोचर-क्षेत्र की कोई सीमा नहीं है उसी प्रकार हमारे जीवन का भी कोई अन्त नहीं है।

6.4312 न केवल मानवीय आत्मा की कालिक अमरता, अर्थात मरणोपरान्त उसके शाश्वत जीवन की कोई गारंटी नहीं है; अपितु, यह पूर्वमान्यता सदैव, अपने अभीष्ट उद्देश्य को पाने में पूर्णत: असफल रही है। या मेरे सर्वदा जीवित रहने से कोई समस्या सुलझ जाती है? क्या शाश्वत जीवन भी हमारे वर्तमान जीवन की तरह एक समस्या नहीं है? दिक् और काल में स्थित जीवन की समस्या का हल दिक् और काल से *बाहर* पाया जाता है।

(निश्चित रूप से यहाँ प्राकृतिक विज्ञान की किसी समस्या का अपेक्षित समाधान नहीं है।)

6.432 सर्वोच्च सत्ता, सांसारिक वस्तुएँ *किस प्रकार* व्यवस्थित हैं, इस बात के प्रति पूर्णतः उदासीन है। ईश्वर सांसारिक वस्तुओं *में* अपने आपको प्रकाशित नहीं करता।

6.4321 तथ्य समस्याएँ ही उत्पन्न करते हैं, उनसे समस्याओं का समाधान नहीं होता।

6.44 संसार में वस्तुएँ *किस प्रकार* से हैं, यह कोई रहस्य की बात नहीं है, बल्कि *यही* एक रहस्य है *कि* संसार का अस्तित्व है।

6.45 संसार पर विहंगम दृष्टिपात का अर्थ है उसे एक सीमित-समग्र के रूप में देखना।

संसार को सीमित-समग्र समझना - यही तो रहस्य है।

6.5 जब समाधान शब्दों से अभिव्यक्त नहीं किया जा सकता तो समस्या भी शब्दों में अभिव्यक्त नहीं हो सकती।

समस्या का कोई अस्तित्व ही नहीं है।

यदि समस्या का स्वरूप किसी तरह निर्धारित किया जा सकता है तो उसका समाधान भी दिया जा *सकता* है।

6.51 जब संशयवाद निर्मूल समस्याएँ खड़ी करता है तो वह अकाट्य तर्क *न* होकर पूर्णतः निरर्थक हो जाता है।

क्योंकि संशय वहीं होता है जहाँ कोई समस्या हो, समस्या वही है जिसका कोई समाधान हो, और समाधान वही है जिसे *अभिव्यक्त किया जा सके।*

6.52 हमें लगता है कि *समस्त संभाव्य* वैज्ञानिक समस्याओं का समाधान होने पर भी जीवन की समस्याएँ वैसी ही बनी रहेंगी। वस्तुतः तब कोई समस्या रहेगी ही नहीं, और यही समाधान है।

6.521 जीवन की समस्या के विलुप्त होने में ही उसका समाधान है।

(क्या यही कारण है कि जीवन के अर्थ को जानने की दीर्घकालीन सतत-साधना के पश्चात् उसे जानने पर भी साधक उसके बारे में कुछ भी नहीं कह पाते?)

6.522 कुछ वस्तुएँ निश्चित रूप से ऐसी होती हैं जिन्हें शब्दों द्वारा व्यक्त नहीं किया जा सकता। वे *स्वयं अभिव्यक्त होती हैं।* उन्हें ही रहस्यात्मक कहा जा सकता है।

6.53 दर्शनशास्त्र की वास्तविक पद्धति यही होगी: अभिव्यंग्य अर्थात प्राकृतिक विज्ञान की प्रतिज्ञप्तियों के अतिरिक्त कुछ भी न कहना - यानी वह कहना जिसका दर्शनशास्त्र से कोई सरोकार ही नहीं -

और फिर यदि कोई व्यक्ति पराभौतिक विषयक बात कहना चाहे तो उसे यह प्रदर्शित करना होगा कि उसके द्वारा प्रयुक्त प्रतिज्ञप्ति में कुछ चिह्नों के अर्थ नहीं दिए गए हैं। यद्यपि इससे वह व्यक्ति सन्तुष्ट नहीं होगा – उसे दर्शन जैसे शास्त्र का अध्ययन-अध्यापन जैसा कुछ लगेगा ही नहीं – लेकिन यही पद्धति सर्वाधिक समीचीन पद्धति है।

6.54 मेरी प्रतिज्ञप्तियाँ ऐसी व्याख्याएँ हैं इन प्रतिज्ञप्तियों को समझने के बाद, प्रयोक्ता उन्हें निरर्थक समझकर उनका परित्याग कर देगा– उनको सोपान की तरह प्रयोग कर, उनसे ऊपर चढ़कर। (मानो सीढ़ी से ऊपर चढ़ने के बाद प्रयोक्ता सीढ़ी को ठोकर मार दे।) उन प्रतिज्ञप्तियों से ऊपर उठकर ही उसे संसार का यथार्थ बोध होगा।

7 अनभिव्यंग्य के प्रति मौन रहना ही श्रेयस्कर है।

□□□

णाणं
पयासयं
वीर नि.सं.
2470
ई.सन्
1944
भारतीय ज्ञानपीठ